Vom gleichen Autor erschienen außerdem
als Heyne-Taschenbücher

Die Zitadelle · Band 01/5928
Die Frauen meines Freundes · Band 01/5960
Kinderarzt Dr. Carroll · Band 01/6006
Dr. Murrays Auftrag · Band 01/6078
Der spanische Gärtner · Band 01/6139
Die Sterne blicken herab · Band 01/6168
Lucy Moore · Band 01/6229
Der neue Assistent · Band 01/6266
Bunter Vogel Sehnsucht · Band 01/6311
Doktor Finlays Praxis · Band 01/6373
Das Haus der Schwäne · Band 01/6471
Der Judasbaum · Band 01/6559

A. J. CRONIN

TRAUMKINDER

WILHELM HEYNE VERLAG
MÜNCHEN

HEYNE ALLGEMEINE REIHE
Nr. 01/6662

Die Originaltitel der Erzählungen lauten:
THE MAN WHO COULDN'T SPEND MONEY
THE ONE CHANCE
CHILD OF COMPASSION
WHEN YOU DREAD FAILURE
THE PROVOST'S TALE
NURSE OLWEN DAVIES
CHRISTMAS FOR AGNES
AN IRISH ROSE
FALSE TEETH

Deutsche Übersetzung von Luise Wasserthal-Zuccari (1–8)
Ina Pope (9)

Genehmigte, ungekürzte Taschenbuchausgabe

Printed in Germany 1986
Umschlagfoto: Bildarchiv Huber, Garmisch-Partenkirchen
Umschlaggestaltung: Atelier Ingrid Schütz, München
Gesamtherstellung: Elsnerdruck, Berlin

ISBN 3-453-02258-0

INHALT

Der Knauser

Ich habe Joe Mardent fast mein Leben lang gekannt — vor mehr als dreißig Jahren begann unsere Jugendfreundschaft in Shalehaven, droben im North Country. Joe war ein einziges Kind; er hatte seine Eltern im Jahr 1900 bei der Katastrophe vom Jahrmarkt in Tynecastle verloren, als während der Viehschau eine hölzerne Tribüne einstürzte und mehr als hundert Menschen unter sich begrub. So kam Joe im Alter von acht Jahren in die Obhut seiner Tante, einer Frau in ärmlichen Verhältnissen, die mit fünf eigenen Kindern und einem nichtsnutzigen Mann gesegnet war; er arbeitete gelegentlich in der Tynecastler Werft als Schlosser. Sarah Mardent war zwar keine gefühllose Frau, aber der endlose Daseinskampf hatte sie bitter und hart gemacht, und so schuftete sie sich in ständiger Angst vor dem Armenhaus durch das Leben. In einem solchen Haushalt konnte Joe nur unwillkommen sein. Vom Augenblick, da er dort Aufnahme fand, waren die sorglosen Tage der Kindheit für ihn vorbei.

Man darf nicht glauben, daß Joe schlecht behandelt wurde oder Hunger leiden mußte — nein, Tante Sarah war keine Despotin, und im Speiseschrank gab's fast immer Erbsenbrei, um den wütendsten Hunger zu stillen. Aber er mußte dafür hart arbeiten. Morgens stand er um fünf Uhr auf, um »die Runde mit den Kannen zu machen«, das heißt die Milch zuzustellen. Nach der Schule trug er Zeitungen aus. Am Wochenende machte er Botengänge für Harpole, den Krämer. Und an Feiertagen wurde er ausgeschickt, um bei der Ernte zu helfen oder Hecken zu schneiden — mit einem Wort, alle jene Arbeiten zu verrichten, die dem ewig bedürftigen Haushalt einige Pennies einbringen mochten.

Die Plackerei an sich machte Joe weniger aus — er war ein drahtiger kleiner Kerl — als das unablässig bohrende Gefühl, am Rande des Elends zu stehen. Er war ein empfindsamer Junge, und wo ein anderer skrupellos oder abgestumpft geworden wäre, litt er schmerzlich, vielleicht weniger unter den Entbehrungen als unter den körperlichen und geistigen Demütigungen, die ihm aufgezwungen wurden. Er hatte nie eine Münze in der Tasche, um sich wie die anderen Knaben Süßigkeiten oder Murmeln zu kaufen. Sooft er Tante Sarah um einen Penny bat, um sich einen der Genüsse zu gönnen, denen wir anderen so gern frönten — etwa den Besuch des »Bioskops« —, erhielt er dieselbe Antwort.

»Tut mir leid, Joe«, seufzte sie, »das können wir uns einfach nicht leisten.«

Wir hielten uns nicht damit auf, Joes Gefühle zu analysieren, wenn er nicht mit uns kommen konnte, und stürzten mit gleichgültigem Gelächter davon; er blieb allein zurück und starrte uns nach. Doch wir mochten ihn alle und fanden, daß

er ein feiner Kerl sei, weil er alles Ungemach so standhaft und schweigend hinnahm. Ein einziges Mal machte er mich zum Vertrauten; er war fünfzehn und im Begriff, die Schule zu verlassen. Agnes Harpole, ein Mädel aus unserer Klasse, gab eine »Gesellschaft«, um unseren Abgang von der Schule zu feiern, und Joe hatte die Einladung aufgrund eines alten Versprechens seiner Tante, ihm einen neuen Anzug zu schenken, angenommen. Am Abend der Unterhaltung war ich mit Joe verabredet. Er wartete beim Laternenpfahl an der Straßenecke und trug seine zerlumpten Alltagskleider: einen zerrissenen Pullover, alte zerbeulte Hosen und abgetretene Schuhe.
»Warum hast du dich nicht umgezogen, Joe?«
»Hab' keinen Anzug. Kann nicht kommen.«
Es war schon dunkel, doch das Licht der Gaslaterne fiel auf sein bleiches, angespanntes Gesicht unter dem Schatten eines kastanienbraunen Schopfes. Mit mühsam beherrschter, aber entschlossener Stimme stieß er hervor:
»Ich hab' von dem allem genug. Ich muß es zu etwas bringen, Geld verdienen — und wenn ich dabei zugrunde geh'.«

Für arme Jungen, selbst wenn sie so aufgeweckt waren wie Joe, gab es im Distrikt Shalehaven wenig Möglichkeiten, weiterzukommen. Wir hatten zweierlei Industriezweige: Kohlenbergbau und Schiffbau. Ein Bursche, der einer Bergleutefamilie entstammte, ging gewöhnlich »unter Tag«; war das nicht der Fall, kam er bei einer der

Werften an der Tynemündung — etwa dreißig Kilometer entfernt — unter. Während mein Vater, der Distriktsarzt, mühsam das Geld zusammenkratzte, um mich am Armstrong College Medizin studieren zu lassen, trat Joe als Lehrling in eine Werft ein. Wegen seines zarten Körperbaus und vielleicht auch weil sein Onkel weithin als schlechter Arbeiter verschrien war, fand er keinen Arbeitsplatz in einer der großen Gesellschaften, sondern mußte sich mit Grigson bescheiden, einer kleinen Privatfirma auf dem Shalehavener Ufer, die mit einem Personal von etwa fünfhundert Mann hauptsächlich mit dem Bau von Raddampfern, Frachtschiffen und gelegentlich auch einem Transportschiff für argentinisches Gefrierfleisch beschäftigt war.

Für einen Sechzehnjährigen war es eine harte Arbeit, und der Tag wurde durch die langweilige Fahrt im Arbeiterzug von und nach Shalehaven noch länger. Trotzdem trug sich Joe aus freien Stücken noch in die Tynecastler Abendschule ein und besuchte viermal wöchentlich Kurse. Diese waren gratis, sonst hätte Joe sie sich nicht leisten können; er gab seinen Lohn an die Tante weiter, mit Ausnahme des geringen Betrags für die Fahrten.

Sein Mittagsbrot nahm er von daheim mit. Zigaretten konnte er sich, ungleich den anderen Lehrlingen, nicht leisten; auch trank er kein Bier, führte weder Mädchen aus noch besuchte er das Theater.

Nach ungefähr zwei Jahren dieses einförmigen Daseins geschah etwas Unerwartetes. Hatte er

zuviel studiert oder war er zu schnell gewachsen, ich weiß es nicht; jedenfalls wurde er mitten in seiner Arbeit auf der Werft ohnmächtig. Kein organischer Schaden war die Ursache, das Herz machte Joe sein Leben lang nicht zu schaffen. Die Bedeutung des Ereignisses lag im Umstand, daß George Grigson zu diesem Zeitpunkt zufällig vorbeikam. Er ordnete an, daß Joe in sein Büro zu bringen und dort auf eine Bank zu legen sei. Nach zehn Minuten hatte sich Joe wieder völlig erholt. Er stand auf und zog sich verwirrt vor Mr. Grigsons Augen die Jacke an, die man zusammengerollt unter seinen Kopf gelegt hatte. Während er dies tat, fiel aus der Jackentasche ein Buch zu Boden, dessen Titel »Leitfaden für die Differentialrechnung« deutlich zu erkennen war. Mr. Grigsons überraschter Blick wanderte vom Buch zum Lehrling. Nach kurzem Schweigen sagte er: »Sie können jetzt abhauen. Melden Sie sich morgen um zehn bei mir.«
George Grigson, ein rotgesichtiger, untersetzter Mann von neunundvierzig Jahren, galt bei der Bevölkerung allgemein als »Original« und war wegen seiner Geradlinigkeit, seiner raschen Entschlußkraft, seiner Schlagfertigkeit weithin bekannt — eine starke Persönlichkeit, in der sich die typischen Merkmale des Nordlandbewohners, Unverblümtheit und Scharfsinn, mit einer etwas exzentrischen Eitelkeit mischten. Er lebte in einem »knalligen« Stil, bewohnte eine großartige Villa am Stadtrand, war in feinstes Tuch gekleidet, fuhr Tag für Tag in einem von Messingbeschlägen funkelnden Zweisitzer in die Werft,

scheute sich aber keineswegs, seine Arbeiter auf den Rücken zu schlagen und mit ihnen im breitesten Tyneside-Dialekt kameradschaftlich zu plaudern und zu fluchen.
So einem Mann mußte es natürlich schmeicheln, daß einer seiner Lehrlinge »ein As in Mathematik« war und heimlich für das Bakkalaureat studierte. Es erhöhte den eigenen Glanz und den seiner Werft (auf die er unmäßig stolz war) und gab außerdem noch Stoff für eine prächtige Erzählung in der Tischrunde her. Er hatte Joes Talente sofort nachgeprüft — er gehörte nicht zu denen, die etwas gutgläubig hinnehmen — und reagierte entsprechend. Er beförderte Joe vom Arbeitstrupp in eine untergeordnete Stellung im Konstruktionsbüro.
Als Empfänger eines Gehalts von fast drei Pfund wöchentlich unternahm Joe seinen ersten entscheidenden Schritt: er verließ Shalehaven und mietete ein Mansardenzimmer bei Floyd, einer höchst respektablen Pension in der River Street. Es war eine große Erleichterung, dem trübseligen Haushalt Tante Sarahs zu entfliehen, und er konnte sich selbst wegen dieser Unabhängigkeitsbestrebung nicht tadeln. Man durfte doch nicht erwarten, daß er sein Leben lang die Sorgen seiner Tante teilen würde. Die zornigen und vorwurfsvollen Worte, die sie ihm nachrief, als er, den Koffer in der Hand, ihr Haus auf Nimmerwiedersehen verließ, waren ungerechtfertigt.
In der Pension, die von der verwitweten Mrs. Floyd und ihrer Tochter Jenny ausgezeichnet geführt wurde, fand Joe mehrere Konstrukteure

Grigsons sowie eine Reihe von Medizinstudenten des Armstrong College als Mitpensionäre vor. Ich selbst wohnte dort und bekam Joe damals recht oft zu Gesicht. Er lebte sehr zurückgezogen und hielt sich peinlich genau an seinen Tagesplan; stand zeitig auf, um seine Schuhe zu wichsen und seinen makellosen blauen Anzug anzulegen, ging mit eiserner Regelmäßigkeit ins Konstruktionsbüro und suchte gleich nach unserer Teemahlzeit, die die Stelle des Abendessens einnahm, sein Zimmer auf, um zu studieren.
Man konnte ihn schwer dazu überreden, an unseren abendlichen Ausflügen in die Konzerthalle oder auf die Tynesider Rollschuhbahn teilzunehmen. Wir hielten ihn für schüchtern, weil er an der langen Tafel, wo wir unsere Mahlzeiten einnahmen, kaum ein Wort sprach. Trotzdem war Joe recht beliebt. Er hatte sich zu einem nett aussehenden jungen Burschen entwickelt, der ein herzliches, wenn auch leicht verängstigtes Lächeln zur Schau trug, und sein Wesen war ebenso bescheiden und anziehend wie sein Auftreten. Niemand lachte, als unser Witzbold Sörensen, ein südafrikanischer Student, ausplauderte, daß Joe sich seine Hemden selbst im Zimmer droben wusch. Wir achteten ihn eher um seiner Sparsamkeit willen — die so sehr von unseren sorglosen Gewohnheiten abstach —, und als mir Joe feierlich anvertraute, daß er ein Sparkonto eröffnet habe, auf das er regelmäßig ein Pfund pro Woche einzahlte, kam ich mir neidvoll als Verschwender vor. Trotzdem war es eine Überraschung, ja ein richtiger Schock für mich, als ich

bemerkte, daß Jenny Floyd unserem Joe schöne Augen zu machen begann.
Jenny, die ihrer Mutter im Haushalt half, war neunzehn Jahre alt und ungewöhnlich hübsch — schlank und lebhaft, mit lustigen braunen Augen und lockigem Haar. Sie war auch recht gebildet, sie sang und spielte nett Klavier, tanzte und lief Rollschuh und hatte sich in ihrer Freizeit am St. John's Hospital als Krankenschwester ausgebildet. Sie galt natürlich als der erklärte Liebling der Pension; wir alle waren in sie verliebt. Aber Jenny entzog sich mit Scherzworten geschickt unseren Bemühungen, und ihre dralle, übrigens respekteinflößende Mutter, Ma Floyd, behielt jeden, der nur entfernt im Verdacht stand, ein Schürzenjäger zu sein, scharf im Auge. Es war unfaßbar, aber Jenny begann zu erröten, wenn Joe in seiner stillen Art das Speisezimmer betrat, und Ma bemerkte mir gegenüber, den Blick nachdenklich auf meinen Freund gerichtet: »Er ist der solideste junge Mann, den ich je in meinem Haus gehabt habe.«

Die zwei Frauen begannen Joe immer mehr mit ihren Gunstbezeigungen zu überhäufen. Nach zwölf Monaten übernahm Ma die Sorge für seine Wäsche und Socken. Nach den Sonntagen, die Jenny mit dem Besuch ihrer Verwandten auf dem Lande verbracht hatte, fand er oft eine Vase mit Heckenrosen oder Reseda in seinem Zimmer.
»Joe«, sagte ich eines Tages zu ihm, »du hast ein Riesenglück.«

Er sah von seinem Buch auf. »Was meinst du damit?«
»Zum Teufel, Mensch, es kann dir doch nicht entgangen sein, daß Jenny in dich verknallt ist. Wir alle sind grün vor Neid. Du solltest ein bißchen mehr Begeisterung an den Tag legen, wenn dir das Mädel nicht gleichgültig ist.«
»Du irrst dich gründlich.« Sein Gesicht nahm einen verlegenen, fast nervösen Ausdruck an. »Ich habe Jenny sehr gern. Nur . . .«
»Was, nur?«
»Nur weiß ich nicht, was daraus werden soll. Man kann mit drei Pfund wöchentlich keinen Heiratsantrag machen.«
»Es gibt Leute, die mit weniger auskommen.«
»Ja, aber nicht ich.« Joes Züge wurden wieder so angespannt und verängstigt, wie ich sie von früher her kannte. »Ich muß zuerst meinen Weg machen. Ich hab' für mein Leben genug vom Darben und Geldzusammenkratzen.« Entschlossen wandte er sich wieder seinem Buch zu.
George Grigson war mit den Fortschritten seines Schützlings in der Werft zufrieden. Gewiß, Joe hatte nichts besonders Großartiges geleistet, aber er war ein rascher, diensteifriger, gewissenhafter Arbeiter mit dem stillen, ernsthaften Wunsch, sich durchzusetzen, und das nahm »den Alten« für ihn ein. Zu Beginn des Jahres 1912 wurde Joe weiter befördert; er kam zum Versuchstank, wo mit Hilfe von Wachsmodellen und komplizierten Registrierapparaten Geschwindigkeit und Leistungsfähigkeit der zu konstruierenden Schiffe getestet wurden. Beim Tank bekam Joe seinen

Chef weit mehr und näher zu Gesicht als bisher — beide lagen, zum Beispiel, nebeneinander auf den Knien am Rande des Tanks, wenn sie das Verhalten eines Testmodells beobachteten, und teilten gemeinsam die Freude über einen Erfolg oder die Niedergeschlagenheit bei einem Fehlschlag, die von seiten des Chefs mit kameradschaftlich derben Ausdrücken gewürzt wurde.

Grigson machte sich Joe mehr und mehr dienstbar, rief im Büro schallend nach ihm, schickte ihn in seinem Wagen fort, um etwas zu holen, das er zu Hause vergessen hatte, oder um seiner Frau eine Nachricht zu überbringen. Auf diese Weise lernte Joe Mrs. Grigson kennen, eine füllige, übertrieben herausgeputzte, dumme, aber unendlich gutmütige Frau, die ihn gewöhnlich in spitzenbesetztem Morgenhäubchen und flaumigen Negligés empfing, nicht wußte, ob sie Joe ein Trinkgeld oder einen Drink geben sollte, und schließlich auf den Ausweg verfiel, ihm Schokoladebonbons aus einer Schachtel anzubieten, die stets neben dem Sofa im Salon offenstand.
Es schmeichelte Grigson, daß »die gnädige Frau« an dem jungen Mann Gefallen fand. Er erhöhte Joes Gehalt auf vier Pfund pro Woche. Und den Tag, da Joe am Armstrong College zum Bakkalaureus promoviert wurde, nahm Grigson hocherfreut zum zum Anlaß, ihn zum Dinner einzuladen. Um jedoch seiner Würde keinen Abbruch zu tun, fügte er barsch hinzu: »Sind bloß zu zweit, die gnädige Frau und ich.«

Es bedeutete für Joe einen gewaltigen Schritt vorwärts, im Haus seines Arbeitgebers eingeladen zu werden, und er bemühte sich nach Kräften und voll Nervosität, einen möglichst günstigen Eindruck zu erwecken. Als er das stucküberladene Haus im gezierten Vorgarten erreichte, schlotterten ihm die Knie. Seine Verwirrung stieg noch, als beim Dinner — entgegen Grigsons Ankündigung — die Tochter des Hauses erschien. Ada war ein paar Tage früher als erwartet von ihrem kostspieligen Internat in Nognor, Südengland, nach Hause gekommen, weil bei den jüngeren Mädchen Windpocken ausgebrochen waren.

Anfangs herrschte an der Tafel eine recht steife Atmosphäre — Grigson, der seine Tochter anbetete, machte aus seinem Ärger über den störenden Eindringling kein Hehl. Aber Joe, die Augen krampfhaft auf den Teller gerichtet, war offensichtlich verzweifelt bemüht, allseits zu gefallen und dabei so unaufdringlich wie möglich zu wirken, und so ängstlich darauf bedacht, aus dem ringsum angeordneten Besteck die richtige Gabel auszusuchen, daß Grigson aufzutauen begann.

Da er dem Essen recht zugetan war, besänftigte sich sein Verdruß zusehends im Lauf der reichhaltigen und üppigen Mahlzeit, und als der Nachtisch aufgetragen wurde, schlug er Joe bereits auf den Rücken.

»Trinken Sie Ihren Champagner, Mann. Unsere Ada wird Sie schon nicht beißen!«

Ada war sich eigentlich nicht ganz im klaren, was sie von Joe halten sollte. Sie war ein molliges, mittelgroßes Mädchen mit porzellanblauen Augen und hübschem Flachshaar; eines Tages würde sie genauso wie ihre korpulente Mutter aussehen. Zur Zeit jedoch war sie, obwohl ihre roten Lippen sich oft zu einem Schmollmündchen aufwarfen, jugendfrisch und anziehend, eher verzogen als verwöhnt, unschuldsvoll, aber zur Liebe bereit. Ihr erster Impuls war gewesen, sich über Joe lustig zu machen — über diesen linkischen, so entsetzlich gehemmten Burschen. Doch als sie sein blasses, regelmäßiges Gesicht musterte, seinen scheuen grauen Augen begegnete und schließlich von seinem befangenen, aber herzlichen Lächeln belohnt wurde, bemächtigte sich ihrer eine seltsame Erregung. Er war ein interessanter junger Mann, entschied sie, den ein Hauch von Romantik umgab. Er erinnerte sie an Julien Sorel, den Helden von Stendhals *Le Rouge et le Noir*, einem verbotenen Buch, das sie gierig im Schlafsaal verschlungen hatte. Als sie an diesem Abend ihr Haar bürstete und ihre rosig durchblutete weiße Haut im Spiegel bewunderte, wurde ihr bewußt, daß er eine große Anziehungskraft auf sie ausübte.

Joe sah sich in den folgenden Wochen mit ehrlichem Erstaunen als Gegenstand von Adas Aufmerksamkeiten. Da er alles andere als eingebildet war, brachte ihn erst eine Reihe von Einladungen zur Überzeugung, daß sich die Tochter des Chefs in ihn verliebt hatte. In diesem Sommer 1914, knapp vor Kriegsausbruch, war selbst eine Provinzstadt wie Tynecastle von der Vorahnung einer Krise erfaßt worden; sie fand in einer sonderbar hektischen Heiterkeit Ausdruck. Adas Kreis junger Leute jagte herum, und Ada sorgte dafür, daß Joe mitgenommen wurde. Jedes neue Zusammentreffen steigerte ihre Gefühle für ihn, und bald brachte sie ihn dazu, daß er in der abendlichen Kühle mit ihr ausfuhr. Oder sie saßen allein in einem stillen kleinen Kino und hielten einander in der Finsternis bei den Händen. Bei der Party anläßlich ihres achtzehnten Geburtstages tanzte Ada jeden Foxtrott mit ihm.

Anfangs fühlte sich Joe durch die Intensität ihres Gefühls geschmeichelt, dann aber erschreckte sie ihn. Kein Wunder, daß er sich im Floydschen Speisezimmer bemühte, Jennys Blick auszuweichen. Er war zwar Jenny gegenüber zu nichts verpflichtet, aber trotz seiner Vorsicht hatte eine Art stillschweigendes Einverständnis zwischen ihnen geherrscht. Jenny hatte natürlich von Ada gehört. Sie strafte Joe jetzt mit Nichtachtung, und ihre kleinen Aufmerksamkeiten — wie die Blumengaben in seinem Zimmer — hörten mit einemmal auf.

Eines Abends stand ich auf dem Treppenabsatz, als Jenny auf der Stiege Joe begegnete. Es brannte nur ein schwaches Licht, und so bemerkten sie mich nicht, als sie unwillkürlich stehenblieben.

»Ich hab' in der letzten Zeit wenig von dir zu sehen bekommen«, sagte Joe.

»Ja, Joe.« Jennys Stimme begann plötzlich zu zittern. »Ich habe dich vermißt.«

Schweigen folgte ihren Worten. Jennys Gesicht war ihm entgegengehoben; es war nicht schwer zu erraten, daß sie ihm zu vergeben bereit war. Doch Joe küßte sie nicht. Eine innere Kraft schien ihn davon abzuhalten. Statt dessen murmelte er: »Die Lage in Deutschland will mir gar nicht gefallen.« Dann ging er schwerfällig die Treppe hinauf und in sein Zimmer.

In der nächsten Woche kam es zur Kriegserklärung. Durch einen glücklichen Zufall hatte ich eben mein Schlußexamen bestanden und wurde mit Sörensen und einigen anderen Studienkollegen zum Sanitätskorps eingezogen. Jenny meldete sich auf Grund ihres Erste-Hilfe-Zeugnisses freiwillig als Pflegerin. Joe wurde wegen seiner Arbeit in der Werft zurückgestellt.

Doch die Ereignisse nahmen einen raschen und unvorhergesehenen Verlauf — nicht nur in der Weltgeschichte, sondern auch in Joes eigenem Drama: Adas Vernarrtheit kam ihrem Vater in vollem Umfang zu Ohren. Natürlich war Grigson wütend. Er ließ Joe rufen und machte ihm eine heftige Szene, in deren Verlauf er ihn aller möglichen Dinge beschuldigte, von krasser Undankbarkeit angefangen bis zu versuchter Entführung. Joe bewahrte Haltung. Ich glaube, er war irgendwie froh, daß es zu dieser Krise gekommen war. Er ging nach Hause, schrieb Grigson einen herzbewegenden Brief, der den denkwürdigen Satz enthielt: »Ich könnte es mir sowieso nie leisten, Sir, Ada den Luxus zu bieten, den sie gewohnt ist . . .«, dann meldete er sich bei der Kriegsmarine.

Monate verstrichen; ich befand mich in Frankreich, und Jenny war in das Marinelazarett nach Malta versetzt worden. Joe machte auf einem Minensucher in der Nordsee Dienst. In dieser Zeit aber kühlte sich Grigsons Wut ab. Joes Entschuldigungsschreiben hatte ihn höchlichst besänftigt; er bezeichnete es oft als einen »verdammt feinen Brief«. Außerdem hatte er Tag für Tag eine liebeskranke Tochter vor Augen, die jeden Trost zurückwies, ermuntert von einer Mutter, deren Blicke ihn beschuldigten, einen Helden in den Tod geschickt zu haben.

Grigson war ein harter Mann, doch er erlag nach und nach dem Geraschel der Unterröcke. Als der Krieg beendet war und Joe zurückkehrte — die Uniform stand ihm recht gut zu Gesicht —, wurde er beifällig wieder in der Werft aufgenommen. Danach gab es keine Zweifel mehr. Grigson hatte Joe, wie gesagt, recht gern, er war im Grunde ein demokratisch denkender Mensch, und als er schließlich sah, daß Ada endgültig entschlossen war, berief er Joe in sein Büro, machte ihm das Angebot, ihn in zwei Jahren zum Teilhaber zu ernennen, und beendete seine Rede in breitem Tyneside-Dialekt: »Ich wär' ein verdammter Narr, Joe, wenn ich dich hineinlegen wollt'. Aber unsere Ada will dich durchaus haben, und so soll's denn sein.«

Joe war von seinen Aussichten geblendet. Seine Dankbarkeit bewirkte, daß seine zärtlichen Gefühle für Ada wuchsen. Er war rasch einverstanden, daß Vorbereitungen für eine große Hochzeit getroffen wurden, die Ada und ihre Mutter für den kommenden Juni planten. Selbstgefällig lächelnd ließ er sich in das Getue um Adas komplizierten Trousseau hineinziehen und verließ gehorsam den Salon, der nun wie ein Modeladen aussah, wenn Ada mit einem zärtlichen und bedeutsamen Blick eine neuerliche »Anprobe« vornehmen mußte. Sein Hochgefühl hätte sich unvermindert erhalten, wäre nicht, ungefähr einen Monat vor der Hochzeit, Jenny nach Hause gekommen; sie war so hübsch und heiter wie eh und je, ja sie strahlte einen neuen Charme aus, der sie noch anziehender als früher machte.

Joe war ein guter Junge und gewissenhaft in Ada verliebt; doch er konnte sich Jenny nicht ganz aus dem Sinn schlagen. Eines Abends — etwa vierzehn Tage vor der Hochzeit — begegnete er Jenny auf dem Rückweg von der Arbeit in der Hauptstraße von Tynecastle. Er blieb stehen und lud sie, einem plötzlichen Impuls folgend, zu einer Tasse Tee ins Schloßcafé ein, »wie in alten Zeiten«. Sie ging mit einem sonderbaren Lächeln darauf ein. Während des Tees sprachen sie von alltäglichen Dingen, von ihren Erlebnissen in Malta und später in Italien und Frankreich. Plötzlich blickte sie ihm mit demselben eigenen Lächeln voll in die Augen und sagte: »Reisen ist etwas Wundervolles, Joe. Hast du nie Lust gehabt, dich auf einem Schiff nach neuen Ländern aufzumachen — nach Amerika, zum Beispiel? Es würde doch Spaß machen, jemanden bei dir zu haben, der dich nicht langweilt.«

Joe wurde kreideweiß. Es war unmöglich, den Sinn dieser Worte oder die Aufforderung in ihren Augen mißzuverstehen. Einen Augenblick lang wurde er die Beute eines wilden Wunsches. Warum nicht? Er hatte fünfhundert Pfund auf der Bank, hatte Jenny stets angebetet — was half alles Leugnen? —, sie war immer die einzige gewesen, die er begehrt hatte. Was machte es schon aus, wenn sie hart zu kämpfen haben würden? Er streckte die Hand aus, faßte nach ihrer unbehandschuhten Rechten. Dann entsann er sich mit einemmal Adas, der Werft und vor allem der Partnerschaft in zwei Jahren. Seine Kehle war wie zugeschnürt, eine kalte Angst schien sich aus weit zurückliegender Zeit, aus seiner armseligen Kindheit in Shalehaven, wieder seiner zu bemächtigen. Er war im Grunde immer noch ein Armeleutekind; er konnte es sich nicht leisten, seine Aussichten, seine sichere und gefestigte Zukunft zu verschleudern. Er schlug die Augen nieder und murmelte nach einer Pause entschuldigend:

»Es wird spät, Jenny. Zeit, nach Hause zu gehen.«

Alle waren sich darüber einig, daß es eine hübsche Hochzeit war: Joe sah so zielstrebig aus, Ada so jung und blühend. Nach den im Lake District verbrachten Flitterwochen ließ sich das junge Paar in einer eleganten kleinen Wohnung in der Laurel Avenue nieder, einen knappen Kilometer vom Landsitz Grigsons entfernt. Man darf nicht glauben, daß Joes Illusionen in der Ehe rasch schwanden. Im Gegenteil, er fühlte sich recht wohl. Adas jugendfrische Liebe rührte und befriedigte ihn, er hatte ein angenehmes Heim und beispiellose Aussichten; oft fragte er sich, was sich ein Mann Besseres erwarten konnte. Freilich empfand er manchmal die geselligen Unterhaltungen, die Ada so liebte, eher als Strafe; es war so lästig, Leute im Haus zu haben oder an einem kalten Abend auszugehen, wenn er es vorgezogen hätte, mit einem Buch am Kamin zu sitzen. Und Mrs. Grigson war in ihrer mütterlichen Beflissenheit eine rechte Plage. Doch die größten Sorgen bereitete ihm Adas Verschwendungssucht.

Joe hatte nun ein Gehalt von siebenhundert Pfund jährlich, Ada besaß ihr eigenes Nadelgeld, und außerdem war da die Annehmlichkeit, daß ihr Vater hinter ihr stand. Aber Ada war extravagant erzogen worden; sie hing an hübschen Dingen, vor allem an Kleidern, und konnte sich keinen Wunsch versagen. Zudem war sie keine gute Haushälterin; ihre Dienstboten und die Kaufleute, die sie belieferten, hintergingen sie, wie sie nur konnten. Wenn die Rechnungen eintrafen, erbleichte Joe; er nahm Ada beiseite und hielt ihr zwar liebevolle, aber eindringliche Vorträge über die Prinzipien der Sparsamkeit. Er erklärte ihr, daß er ein einfacher Mann mit einfachen Gewohnheiten sei. Wenn man, wie sie, erst am Beginn des Lebens stand, war es das Wichtigste — hier wurde Joes Stimme voll leidenschaftlicher Überzeugungskraft —, Geld beiseite zu legen, um eine Zukunft aufzubauen.

Es war schwer, mit einer verspielten Frau ernsthaft zu reden, die währenddessen unbedingt auf seinem Schoß sitzen wollte und seinen Argumenten ein Ende bereitete, indem sie ihre runden weichen Arme um ihn schloß. Trotzdem versuchte sie zu sparen, wie sie es eben verstand. Es kam nichts dabei heraus, und wenn sie in Schwierigkeiten geriet, wandte sie sich, um Joe nicht zu verärgern, an ihren Vater, der ihr nichts abschlagen konnte, aber auf einmal recht verquält lächelte, wenn er ihr einen Scheck übergab. Joe befleißigte sich indessen, seine Vorträge in die Tat umzusetzen. Er sparte stets etwas Geld von dem für seine persönlichen Bedürfnisse bestimmten Betrag und fand richtiges Vergnügen daran, sich jeden Sonntagnachmittag im Arbeitszimmer einzuschließen, um in seinem schwarzen Büchlein Bilanz zu ziehen. Ein freudiger Schauer durchlief ihn, als seine Ersparnisse die Höhe von tausend Pfund erreicht hatten. In Verlegenheit setzten ihn nur die Geschenke, die Ada ihm von Zeit zu Zeit machte — Dinge wie seidene Morgenröcke und kunstvolle Rauchgarnituren, die er nicht benötigte und die einen Haufen Geld kosteten.

In der Werft verliefen Joes Beziehungen zu seinem Schwiegervater weiterhin befriedigend. Vielleicht war Grigson weniger aufgeräumt, weniger mitteilsam als früher; Joe bemerkte oft einen gequälten Ausdruck auf seinen Zügen. Aber schließlich wurde er älter, und die Geschäfte gingen natürlich auch nicht mehr so gut wie während des Krieges. Die Schiffe lagen in langen

Reihen im Tyne aufgelegt, ihre Rümpfe rosteten langsam, weil keine Nachfrage herrschte. Glücklicherweise hielt eine Bestellung auf zwei Schiffe für Südamerika das Werk in Gang, aber die anderen Werften spürten die schlechte Wirtschaftslage merklich.

Im dritten Jahr ihrer Ehe wurde Ada schwanger, und alle, insbesondere der alte Grigson, der sich einen Enkelsohn heiß ersehnte, waren hochbeglückt. Ich erspare es mir, die freudigen Erwartungen der Familie, Joes Besorgtheit und die Vorbereitungen, die für das Ereignis getroffen wurden, ausführlich zu schildern.

Tragische Umstände machten jedoch alle Erwartungen zunichte; irgend etwas mit Adas Entbindung ging schief. Das Kind wurde tot geboren, und zwei Tage darauf starb Ada selbst. Joe war wie betäubt; wochenlang verharrte er in einem Zustand fassungsloser Trauer. Er wohnte in dieser Zeit bei den Grigsons und barg mehr als einmal sein Haupt weinend am umfangreichen Busen der Schwiegermutter. Noch Monate nach dem Leichenbegängnis zog ihn sein Schmerz abends auf den Friedhof, wo er an Adas Grab verweilte. Allmählich aber raffte er sich zusammen — viele Dinge erforderten seine Entscheidungen.

Zunächst einmal verkaufte er das Haus in der Laurel Avenue — er konnte es nicht über sich bringen, weiterhin dort zu wohnen; außerdem brauchte ein Witwer nicht einen solchen Aufwand. Aus ähnlichen Gründen veräußerte er die Einrichtung, Hausrat und Teppiche, sowie die Gartenmöbel. Die Preise standen damals hoch, und der erzielte Erlös war beträchtlich; das große Doppelbett zum Beispiel brachte ihm ganze siebzig Pfund ein, um fünf Pfund mehr, als Ada dafür bezahlt hatte. Als die mit einem großen Wirbel verbundenen Versteigerungen vorbei waren, nahm Joe ein Zimmer im Union Club und suchte in intensiver Arbeit auf der Werft Vergessen.

Langsam begann er zu befürchten, daß aus der Teilhaberschaft nichts werden würde. Schließlich bestand für Mr. Grigson keine Verpflichtung mehr, sein Versprechen zu halten, da der Grund, auf dem das Abkommen basierte, seine Ehe mit Ada, nicht mehr existierte. Er verdoppelte seine Bemühungen um Mr. Grigson, begleitete seine Schwiegermutter, die im Glauben Trost suchte, zu religiösen Abendkränzchen; seine Beziehungen zu den beiden wurden wirklich recht eng. Eines Abends suchte er unauffällig über das Schachbrett hinweg das Gesicht des alten Mannes zu studieren, um zu erfahren, wie es mit ihm stand. Grigson hatte sich merkbar verändert; er war launenhaft, unduldsam, nachlässig in seiner Kleidung geworden und benahm sich Joe gegenüber oft beängstigend grob.

So verging ein Jahr, und Joes Befürchtungen verdichteten sich — er war noch immer bloß der Leiter das Konstruktionsbüros und hatte nicht das geringste mit den eigentlichen Geschäften der Firma zu tun. Mehr als einmal lag ihm die Frage, die ihm so unendlich viel bedeutete, auf der Zunge, aber dann hielten ihn seine angeborene Vorsicht und die Furcht vor einer verhängnisvollen Abfuhr im Zaum.

Eines Sonntagnachmittags jedoch, etwa anderthalb Jahre nach Adas Tod, rief Grigson Joe in seine Bibliothek und brachte selbst das Gespräch auf dieses Thema. Es war ein heißer Sommertag; das Hammelfleisch zu Mittag war fett und unverdaulich gewesen; die Sonne, die durch das Fenster drang, in dem eine Fliege summte, brachte die Staubschichten auf den oberen Rändern der ledergebundenen Bücher, die niemand las, zum Vorschein. Aus einem benachbarten Zimmer klangen die dünnen, melancholischen Töne einer Hymne darüber, die Mrs. Grigson mühsam einem Harmonium entlockte. Der alte Mann saß in seinen lederbezogenen Armstuhl zurückgesunken, die Hände über dem Bauch gefaltet, und hielt seinen Blick auf Joe geheftet. Sein Ton war herzlich, ja liebevoll.

»Du hast dir schon die ganze Zeit Sorgen um deine Partnerschaft gemacht, was, Joe?«

Joe errötete und setzte stotternd zu einer Antwort an.

»Nun, ich tät's nicht, wenn ich du wäre. Könntest sie morgen haben, wenn du wolltest. Aber sie wäre nicht mal soviel wert wie das Papier, auf dem sie steht.«

Er begann methodisch die näheren Umstände seines Mißerfolgs auseinanderzusetzen. Sonst so unmitteilsam, ließ er jetzt keine Einzelheit der Katastrophe unerwähnt, während Joe ihn fassungslos anstarrte und seinen Ohren nicht trauen wollte. Die Krise im Schiffbau war schon an und für sich schlimm genug, doch hätte man ihr trotzen können, wären da nicht diese südamerikanischen Schiffe gewesen. Um den Auftrag zu bekommen, während andere Werften arbeitslos blieben, hatte Grigson große Anleihen aufgenommen, jeden Bolzen und Niet im eigenen Betrieb verpfändet. Und jetzt war die südamerikanische Gesellschaft in Liquidation gegangen.

Joe konnte es noch immer nicht fassen — dieser unerschütterliche Mann, der seinen Kopf so hoch getragen hatte, so sehr auf das Ansehen seiner Werft bedacht gewesen war, konnte doch nicht mit einemmal vor dem Nichts stehen? Ja er nahm an, sein Schwiegervater habe ihm aus Gründen der Zweckmäßigkeit etwas vorgemacht. Von Zweifeln hin und her gerissen, verließ er das Haus.

Doch am nächsten Tag verflogen seine Zweifel. Bei der Inspektion des Drehkrans im leeren Trockendock tat George Grigson einen Fehltritt und stürzte dreißig Meter tief auf den Betonboden hinab. Er war auf der Stelle tot — ein tragischer Unfall. Aber Joe glaubte nicht an einen Unfall. Dem alten Grigson war es lieber gewesen, seinen eigenen Untergang nicht mit ansehen zu müssen.

Dieses Geschehnis ging Joe fast genauso nahe wie Adas Tod. All das, worauf er hingearbeitet hatte, war in Brüche gegangen. Er erkannte, daß nirgends Sicherheit zu finden war. Seine Angst vor der Armut, die ihm viele Jahre lang nur im Unterbewußtsein zu schaffen gemacht hatte, wurde nun zur offenen Drohung. Er konnte es nicht über sich bringen, in der Werft zu bleiben. Noch bevor der Konkursverwalter erschien und die schweren Tore versiegelte, hatte Joe seine Sachen gepackt und Abschied genommen. Derselbe Fluchtimpuls veranlaßte ihn, sein bequemes Quartier im Union Club aufzugeben. Nun, da alles zu Ende war, strebte er sonderbarerweise wieder in die Pension Floyd zu seinem alten Zimmer zurück. Hier war er, ein zur Erde zurückgekehrter Falke, wieder imstande, seine Lage zu überdenken.

Die Bestandsaufnahme zeigte einige gute und einige schlechte Seiten. Sein Kapital belief sich auf fast viertausend Pfund; er verfügte über das Bakkalaureus-Diplom sowie über eine gründliche Kenntnis im Konstruktionszeichnen, und er erfreute sich, trotz seiner Erschütterung, einer ausgezeichneten Gesundheit. Andererseits hatte er wenig Aussicht, als Schiffsbaumeister unterzukommen, und daß er nochmals einen so beförderungsfreudigen Arbeitgeber finden würde, war unwahrscheinlich. Jedenfalls schreckte ihn die bloße Vorstellung, Schiffe zu bauen, ab. Gleichzeitig wollte er sich nicht in einer Sackgasse verlieren, indem er einen mittelmäßig bezahlten Posten annahm.

In dieser Zwangslage lernte er Sam Netley kennen, einen gebürtigen Shalehavener, der jetzt Steinmetz in Tynecastle war. Netley war um zehn Jahre älter als Joe, ein schwerfälliger, aber verläßlicher Mensch, der Gelegenheitsarbeiten ausführte und einen kleinen Betrieb zur Erzeugung von Granitblöcken, hauptsächlich Grabsteinen, besaß. Er lebte zurückgezogen mit seiner betagten Mutter und seiner Schwester in einem steinernen Häuschen neben einem verrosteten Bauschuppen, anscheinend recht zufrieden mit seinem Einkommen von fünf Pfund wöchentlich; als Hobby züchtete er Zwerghühner, für die er manchmal Preise erhielt.

Aber Joe schwebte anderes vor. Schiffe, das wußte er, konnten ein Verlustgeschäft sein, nach Häusern jedoch herrschte große Nachfrage; längs des ganzen Tyneufers machte sich der Häusermangel akut bemerkbar. Es fiel Joe überaus schwer, sein Kapital zu riskieren, aber er hatte seine Chancen gegeneinander abgewogen, und es galt: jetzt oder nie. In Zusammenarbeit mit Netley entwarf er Pläne, kaufte anderthalb Hektar Grund und ging daran, an einer neuen Verkehrsader drei Häuser zu bauen. Joes Kenntnisse im Häuserbau waren recht dürftig, aber sein Eifer war so groß, daß er oft den Mantel ablegte und mit Netley und dessen Leuten arbeitete, Mörtel mischte, Ziegel herbeiholte, ja sogar wie ein Hilfsarbeiter den Mischtrog weiterschob.

Binnen neun Monaten waren die Häuser fertig, binnen neun Tagen verkauft, und Joe und Netley hatten einen Reingewinn von mehr als dreitausend Pfund gemacht. Von diesem Betrag nahm Joe, der das Kapital beigestellt hatte, zweitausend in Anspruch, während Netley, der bloß seine Erfahrung eingesetzt hatte, eintausend erhielt. Aber auch damit war Netley hochzufrieden, voll Bewunderung für Joes Unternehmungsgeist und begierig, das Experiment zu wiederholen. Sie kauften einen weiteren, an dieselbe Straße grenzenden Streifen Landes und begannen an drei neuen Wohnbauten zu arbeiten.

Joe hauste in dieser Zeit noch immer in der Pension Floyd — er behauptete, sie sei billig und durchaus ausreichend. Vielleicht hatte er aber noch einen anderen Grund. In den drei vergangenen Jahren hatte Jenny in London in der Krankenpflege gearbeitet; sie war nun Stationsschwester im St. Thomas' Hospital, und als sie im Sommer 1924 auf Urlaub nach Hause kam, sah Joe wie ein Mann aus, dessen Geduld endlich belohnt worden war. Er blühte auf, kaufte sich einen neuen Anzug, ging sogar so weit, sich eine Zigarre zu vergönnen. Einige Tage lang gab er sich freundlich-zurückhaltend, doch eines Samstagnachmittags bat er sie, ihn auf einem Spaziergang zu begleiten, und als sie am Schloßcafé vorbeikamen, lud er sie mit unbeholfenen Worten auf eine Tasse Tee ein.

Es war ein wichtiger Augenblick für Joe, ein einzigartiger Augenblick sogar und bemerkenswert in seiner Geschichte — er tat jetzt etwas, das er wirklich tun wollte, nicht etwas, das von Lebensklugheit, Rücksichten oder den unbewußten Angstvorstellungen seiner Jugend diktiert wurde. Im Teesalon bat er Jenny um ihre Hand. Jenny senkte zuerst den Blick, dann wandte sie ihn wieder Joe zu. Er war eben dreißig Jahre alt geworden, sah aber jünger aus. Natürlich war er nicht hübsch zu nennen, aber, wie man hierzulande sagte, ein »gutgebauter Junge«, mit einer hellen, klaren Haut und schönem kastanienbraunem Haar. Da er nie viel aß, war seine Figur noch immer knabenhaft schlank. Seine Augen verliehen ihm durch ihren scheuen und verwirrten Ausdruck einen besonderen Reiz.

Nach einer Pause schüttelte Jenny langsam den Kopf.

»Tut mir leid, Joe. Du kommst ein bißchen zu spät.«

Einmal war sie in Joe verliebt gewesen, doch nun war nur eine schwache Zuneigung zurückgeblieben, unerklärlich mit Mitleid gemischt. Sie teilte ihm in aller Ruhe mit, daß sie einen Arzt heiraten werde, an dessen Seite sie im St. Thomas' Hospital gearbeitet hatte. Sie standen im Begriff, nach Kapstadt zu reisen, wo ihm sein Vater eine Praxis gekauft hatte. Sie konnte nicht umhin, mit einem sonderbaren Lächeln hinzuzufügen:

»Es macht Spaß, mit jemandem zu reisen, den man liebt.«

Danach blieb Joe nicht mehr lange in der Pension Floyd — sie bot doch nicht so viele Annehmlichkeiten, wie er geglaubt hatte. Er kehrte aber auch nicht in den Union Club zurück, sondern nahm bei seinem Partner Sam Netley Quartier, der schon seit Wochen Joe in den Ohren gelegen war, das leerstehende Schlafzimmer und den nie benützten Salon seines Hauses als Logis zu benützen. Mit der Laurel Avenue konnte sich diese Wohnung freilich nicht messen — im Empfangszimmer standen rote Plüschmöbel, Wachsblumen auf dem Kaminsims und eine Aspidistra im Fenster —, aber sie sagte Joe zu; er fühlte sich in ihr zu Hause.

Großen Eindruck machte auf Joe die Tüchtigkeit, mit der Belle Netley, Sams Schwester, den Haushalt ohne jede Hilfe führte. Belle war ein stämmiges, einfaches, schweigsames, energiegeladenes Geschöpf von vierundzwanzig Jahren. Sie sah genau nach dem aus, was sie war: ein Arbeitermädel, und verbrachte den größten Teil des Tages in einer Kleiderschürze aus Blaudruck, ein altes rotes Tuch um das Haar geschlungen, mit Kochen, Waschen, Scheuern und der Pflege ihrer bettlägerigen Mutter; sie hielt das Haus so sauber und blank, daß es wie neu aussah. Obwohl ihr Sam oft den Vorschlag machte, sie möge eine »Hilfe« aufnehmen, schüttelte Belle immer wieder verächtlich den Kopf, wobei ihre Augen den ruhigen, ernsten Ausdruck behielten. Sie war stark und urgesund und fand, soweit man dies beurteilen konnte, eine stolze Genugtuung in ihrer häuslichen Tüchtigkeit. Ihre Küche war bei weitem die beste, die Joe je vorgesetzt erhielt; keine verfeinerte Kost, bei Gott nicht, aber richtige herzhafte Mahlzeiten für arbeitende Menschen, Steak, Nierenpastete, gesülzten Aal, gesottenes Rindfleisch, Klöße-Gerichte, bei deren Duft allein Joe und Sam ein Lächeln tauschten und mit den Lippen schmatzten, wenn sie sich in Hemdsärmeln am Tisch niederließen. Belle stand mit den Schüsseln bereit, um sie zu bedienen, und wartete voll Zuversicht auf Worte des Beifalls. Wenn Joe sich zurücklehnte und ausrief: »Bei Gott, Belle, bei diesem Steak haben Sie sich wieder einmal selbst überboten!«, dann trat vielleicht die schwache Andeutung eines Lächelns auf ihr reizloses Gesicht mit den geröteten Backenknochen und aufgesprungenen Lippen, dem Make-up etwas völlig Unbekanntes war; mit einem nüchternen Kopfnicken drehte sie sich um, ging in die Küche zurück und holte den Nachtisch.

Ihre Haushaltskünste waren um so bemerkenswerter, als sie sie mit absoluter Sparsamkeit zu vereinen wußte. Sie erhielt nicht nur die beste Ware in den Kaufläden — keinem Händler wäre es eingefallen, sie übers Ohr zu hauen —, sondern vermochte aus einem nackten, lächerlich billigen Knochen und einer Handvoll Gemüse eine Suppe zu zaubern, mit der sich die des Hotel Ritz nicht messen konnte.

Obgleich Joes Augen nach Männerart bisweilen zerstreut-wohlgefällig über ihre ausladenden Hüften und festen Waden streiften, muß vermerkt werden, daß er sie eigentlich nie richtig als Frau wertete. Sie war zu schlicht, zu sehr bar jeder Koketterie. Doch als acht Monate später die alte Mrs. Netley droben in ihrem Zimmer friedlich verschied, ging etwas Seltsames in Joe vor. Vielleicht tat ihm Belle leid — obwohl kein triftiger Grund vorlag, sie zu bedauern, und man in der Nachbarschaft allgemein von einer »Erlösung« sprach —, vielleicht verlieh ihr auch das

neue schwarze, ihre Büste eng umspannende und ihre Formen hervorhebende Kleid plötzlich ein neues, recht anziehendes Aussehen, zumindest in seinen Augen.
Eines Abends jedenfalls — ungefähr zehn Tage nach dem Begräbnis —, als Sam an irgendeinem Kameradentreffen teilnahm, stand Joe auf der Veranda an der Hinterseite des Hauses und genoß die warme Frühlingsluft. Drüben im Schuppen des Hinterhofs machte sich Belle an einem Bündel Heu zu schaffen, das am Nachmittag für Sams berühmte Zwerghühner geliefert worden war. Von einem pötzlichen Impuls getrieben, ging Joe hinüber, um ihr zu helfen. Wie es geschah, wußte er nicht — aber im nächsten Augenblick hielt er sie in den Armen.
Als es ihm dann bewußt wurde, erreichte seine Verwirrung und Bestürzung ein Höchstmaß, er wagte sich kaum zu rühren oder zu sprechen. Da vernahm er im Dunkeln Belles gelassene und nüchterne Stimme: »Ich muß jetzt hinein, sonst brennt mir die Suppe auf dem Herd an.« Joe lungerte noch eine Zeitlang im Hof herum; dann blickte er zum Sternenhimmel empor, schlug sich auf den Schenkel und stieß, zwischen Erleichterung und Bewunderung hin und her gerissen, hervor: »Allerhand, dieses Frauenzimmer!«
Mochte er noch leise Befürchtungen gehegt haben, daß dieser Vorfall seinem bequemen Leben ein Ende setzen könnte, so wurden sie rasch zerstreut. Belles Verhalten ihm gegenüber blieb unverändert. Sam ahnte natürlich nicht das mindeste. Gelegentlich machte Joe Belle kleine Ge-

schenke — ein seidenes Halstuch, eine Lederhandtasche, einen Nähkorb —, doch schienen ihre Dankesworte anzudeuten, daß sie diese Dinge nicht brauche.

Auch während der nächsten zwei Jahre warfen Joes und Sams gemeinsame Unternehmungen einen schönen Profit ab. Als sie sich aber eines Tages am Wohnzimmertisch niederließen, um die Errichtung eines weiteren Wohntraktes zu erwägen, sagte Sam plötzlich:

»Nein.«

Er paffte an seiner Pfeife und fuhr fort: »Der Boom ist vorbei, Joe. Jetzt gibt's schon genug Häuser. Die Leute, die weiter damit spekulieren, werden sich die Finger verbrennen.«

Joe verfiel in Schweigen, dann nickte er nachdenklich.

»Ich glaube, du hast recht, Sam. Lassen wir das Häuserbauen und steigen wir lieber ins allgemeine Baugewerbe um. Die Empire-Theatergesellschaft will in der Tyne Street eine neue Konzerthalle errichten. Bewerber sollen sich bis Ende nächsten Monats melden. Wir könnten einreichen, Sam.«

Sam schüttelte den Kopf. »Tu, was du willst, Joe. Aber mich laß aus dem Spiel. Ich hab' achttausend Pfund gemacht, das reicht mir. Hätt' ich mehr, wüßt' ich nicht, was damit anfangen. Ich hab' drüben im Alnwick-Moor eine Geflügelfarm gekauft. Werde dorthin ziehen, um noch ein bißchen Spaß zu haben, bevor ich abkratze.«

Joe starrte Netley ungläubig an. Er konnte es einfach nicht fassen, daß ein gesunder und kräftiger Mann von noch nicht fünfzig Jahren den Wunsch haben sollte, sich auf eine Farm zurückzuziehen, solange er noch schweres Geld verdienen konnte. Achttausend Pfund waren doch nichts! Joe selbst war bereits dreißigtausend wert, und das war erst der Beginn. Er bot seinem Partner zum letztenmal eine Chance. »Überleg's dir noch, Sam.«

»Nein, Joe. Schon alles unter Dach und Fach. Bewirb dich aus eigenem um das neue Empire-Gebäude. Und viel Glück dabei, alter Junge.«

Die nächsten Wochen waren mit Vorbereitungen für Sams Abreise ausgefüllt. Joe übernahm die Schuppen, die Gerüste und das ganze Lager mit seinem Drum und Dran um einen anständigen Preis. Zu Quartalsende sollte das Haus vermietet werden, denn Belle begleitete ihren Bruder selbstverständlich auf die Farm.

Irgendwie war Joe froh, so leichten Kaufes davonzukommen. Er hatte einen Kostenvoranschlag für die geplante Konzerthalle eingereicht, aber das Ergebnis würde erst im nächsten Monat verlautbart werden. Er war frei, wußte aber ohne eine feste Beschäftigung nichts Rechtes mit sich anzufangen.

Da schlug Belle in ihrer ruhigen Art vor, er möge doch Ferien machen — eine Kreuzfahrt im Mittelmeer würde ihm sicher gut bekommen. Joe hatte in seiner jetzigen Verfassung nichts dagegen einzuwenden. Warum auch nicht? Er hatte sich das Recht auf eine kleine Erholung verdient.

Die Schiffahrtslisten ergaben, daß in der nächsten Woche ein Schiff abging — keines der besten auf dieser Route, sondern ein kleinerer und weniger Annehmlichkeiten bietender Dampfer, dafür aber auch um einen entsprechend geringeren Fahrpreis. Dreißig Pfund für die Hin-und Rückfahrt bedeutete eine Ersparnis von annähernd zehn Pfund!

Joe buchte die Fahrt, und am Abend, da Sam und Belle zu ihrer Farm aufbrachen, nahm er den Zug nach Liverpool und ging an Bord. Während der Bahnfahrt ärgerte er sich ein wenig, daß Belle beim Abschied keinerlei Gemütsbewegung gezeigt hatte.

Die Kreuzfahrt erfüllte nicht ganz seine Erwartungen. Die Passagiere bestanden hauptsächlich aus uninteressanten Touristen, die sich mit lärmenden Deckspielen vergnügten, und Joe sonderte sich, um einige Illusionen ärmer, von ihnen ab. Auch eine Dame, die mit ihrem Mädchen reiste, folgte seinem Beispiel und zog sich von der Menge zurück. Ihr Name stand nicht auf der Passagierliste; in eine graue Decke gehüllt, war sie auf einem Liegestuhl in einem Winkel neben den Ventilatoren ausgestreckt und ließ ihren Blick bisweilen in leise humorvoller Sympathie über den Rand ihres Buches zu ihm schweifen. Sie war etwas über Dreißig, groß und schlank, hatte feine Gelenke und Hände, und ihre Blässe trug, im Verein mit ihren schönen, spöttischen, aber lebhaften Augen, vielleicht zu dem traurigen Eindruck bei, den sie auf ihrem Ruhelager machte.

Von seiner Einsamkeit getrieben, zog Joe den Hut und sprach sie an. Sie lächelte zwanglos freundlich.
»Wir scheinen die zwei Parias des Schiffes zu sein. Wollen Sie sich nicht zu mir setzen?«
Der Decksteward brachte noch einen Stuhl. Gegen Abend erfuhr Joe zu seiner Verblüffung vom Zahlmeister, daß die Dame Lady Irene Mostray war, Witwe nach Captain Hugo Mostray von der Grenadiergarde am königlichen Hof und dritte Tochter des Earl von Brantham.
Obgleich diese Information Joe mit ehrfurchtsvoller Scheu erfüllte, machte seine Freundschaft mit Lady Mostray Fortschritte. Alles an ihr beeindruckte und faszinierte ihn. Ihr Charme, ihre Kultur und vor allem ihre Bildung, die in jeder ihrer Bewegungen, in jedem ihrer Worte, ja in der Modulation ihrer Stimme zum Ausdruck kamen, bedeuteten ihm eine Offenbarung. Ihre witzigen Kommentare über den Freudentaumel der Gewinner in den Deckspielen — sie gab sie gelassen, aber mit ironisch funkelnden Augen von sich — brachten ihn zum Lachen.
Dann lachte auch sie, denn er amüsierte und interessierte sie in der aufgezwungenen Langeweile dieser Fahrt. Sein natürliches, anziehendes Wesen hatte sich nie von einer besseren Seite gezeigt, als er ihr in einfachen und dabei zu Herzen gehenden Worten von seiner bescheidenen Abstammung, den frühen Kämpfen seiner Jugend und seinem erfolgreichen Aufstieg erzählte.
Als er geendet hatte, trat langes Schweigen ein, das nur vom Plätschern der Bugwellen unter-

brochen wurde. »Endlich einmal«, dachte sie, »ein richtiger Mann.«
Ihr Eheleben war nicht glücklich gewesen. Ihr Mann, ein Verschwender, der Letzte eines langen, aber bedeutungslosen Geschlechtes, hatten seinen ganzen Besitz und auch den ihren durchgebracht. Über sich selbst ärgerlich, verbannte sie einen absurden Gedanken. Doch am Abend des fünften Tages, als sich undeutlich Land über der glitzernden See abzeichnete, wandte sie sich mit ehrlichem Bedauern an Joe.
»Ich habe mich über Ihre Bekanntschaft herzlich gefreut. Es tut mir aufrichtig leid, Ihnen morgen Lebewohl sagen zu müssen.«
»Aber es liegt doch noch die Rückfahrt vor uns!«
Sie lächelte und schüttelte den Kopf, während sie ihre Decke zusammenlegte. »Die könnte ich auf diesem Schiff nicht mehr ertragen. Marie und ich werden eine Woche an Land verbringen und mit dem nächsten P. and O.-Dampfer zurückfahren.« Sie nannte ihm das Hotel, in dem sie absteigen würde.
»Aber Sie büßen auf diese Weise doch Ihre Rückfahrkarte ein«, gab ihr Joe zu bedenken.
Sie stand, noch immer lächelnd, auf, aber ihre Brauen waren leicht gehoben, und bei dieser schweigenden, fast unmerkbaren Abfuhr errötete Joe heftig und peinlich — er wußte nicht, warum. Er schritt noch spät in der Nacht auf dem Deck hin und her und rang sich erbittert und verstört zu einem Entschluß durch, von dem er sich nicht einmal nach einem längeren, aber erfolglosen Unterhandeln mit dem Zahlmeister

— bezüglich einer Rückerstattung des halben Fahrpreises — abschrecken ließ. Als das Schiff am nächsten Morgen vor Anker ging, begab er sich, äußerst unbefangen tuend, in der zweiten Barkasse an Land und gab den Auftrag, sein Gepäck in das Hotel zu schicken, das Lady Irene ihm genannt hatte.

Lady Irene enthielt sich jeglichen Kommentars, als er auftauchte, schien aber aufrichtig erfreut, ihn zu sehen. Sie verbrachten während der drei folgenden Tage viel Zeit miteinander, durchforschten die altmodischen Seitengassen des Inselstädtchens, sahen den einheimischen Spitzenklöpplerinnen bei der Arbeit in den mit purpurner Bougainvillea umrankten Hauseingängen zu, nahmen ihre Mahlzeiten in kuriosen kleinen Freiluftcafés neben dem Springbrunnen auf dem kühlen Hauptplatz ein. Wenn sie in der von Blumenduft und Leuchtkäfern erfüllten Abenddämmerung in ihr Hotel zurückschlenderten, hängte sie sich leicht in ihn ein.

Am vierten Tag kam ein P. and O.-Dampfer in die Bucht, und als es sich herausstellte, daß das nächste erreichbare Schiff erst in drei Wochen eintreffen würde, beschloß Lady Irene, nach Hause zu fahren. Joe folgte ihrem Beispiel. Als er mit ihr auf der Veranda stand, während Marie die Koffer packte, empfand er ein sonderbares Gefühl der Heiterkeit, eine für ihn äußerst ungewohnte und fast unwirkliche Stimmung. Vielleicht hätte er in diesem Augenblick zu sprechen begonnen, wäre nicht der Hoteldirektor erschienen, um die Rechnung zu präsentieren und

zu erklären, Lady Irene müsse, da sie ursprünglich erklärt habe, eine Woche bleiben zu wollen, für den vollen Zeitraum zahlen.
Joe nahm die Rechnung und prüfte sie. Voll Entrüstung stellte er fest, daß sie ungeheuerlich war; Lady Irene mußte nicht nur die vier zusätzlichen Tage für die Suite, sondern auch für die Mahlzeiten und Getränke bezahlen.
»Das ist lächerlich«, sagte er zu Irene. »Ich lasse das einfach nicht zu.«
»Sie werden zahlen«, unterbrach ihn der Direktor herausfordernd. »Sonst rufe ich die Polizei.«
Joe wandte sich dem untersetzten, olivhäutigen Mann zu. Er durchschaute das Täuschungsmanöver sofort und taxierte den Direktor richtig. In derbem Tyneside-Dialekt drohte er, das Hotel bei sämtlichen britischen Verkehrsbüros auf die schwarze Liste setzen zu lassen, und scheute sich nicht, Wörter wie »Betrug« und »Wucher« auszusprechen. Der Direktor wurde klein und erging sich in Gesten; schon setzte er kriecherisch zu einer Entschuldigung an, als Lady Irene mit angeekelter Miene ihre Handtasche öffnete und einige Banknoten auf den Tisch warf.
»Nehmen Sie das«, sagte sie kurz, »und verschwinden Sie.« Unter eisigem Schweigen verließ der Direktor mit tiefen Bücklingen rückwärts gehend das Zimmer. Joe biß sich auf die Lippe und hielt den Blick gesenkt.
»Schön«, sagte er schließlich. »Wenn Sie sich das leisten können, ist ja alles in Ordnung.«
Sie lächelte schwach und berührte ihn am Arm, um zu zeigen, daß sie nicht undankbar sei.

»Mein lieber Freund, wenn Sie's durchaus wissen wollen — meine Lage ist alles andere als glänzend. Aber ich finde, die einzig mögliche Einstellung zum Geld besteht darin, es zu verachten.«
Dazu hatte er nichts zu sagen. Er kam auch auf der Heimfahrt nicht mehr auf dieses Thema zu sprechen. Aber er dachte öfter verstört und stirnrunzelnd über diese Episode nach.

Als Joe an die Tyneside zurückkehrte, fand er auf seinem Schreibtisch die Ablehnung seines Planes für die Konzerthalle vor. Er ließ sich nicht entmutigen und reichte sofort einen Kostenvoranschlag für die neue Zentrale eines Großunternehmens ein. Hier hatte er Erfolg, vielleicht deshalb, weil das Projekt weniger anspruchsvoll und seinem Können angemessener war. Er nahm Leute auf und machte sich energiegeladen an die Arbeit, wie einer, der erkennt, seine Zeit bisher verschwendet zu haben.
Doch während der Arbeit schweiften seine Gedanken immer wieder in aufreizender Weise zu seiner eleganten aristokratischen Reisegefährtin zurück. Zum Teufel, war er am Ende verliebt in sie? Seit Jenny war er nicht mehr von einer solchen Erregung erfaßt worden. Aber diesmal waren seine Gefühle stärker, komplexer, enthielten auch Sehnsucht, Bewunderung, Achtung und eine närrische Beimischung von Scheu. Seine Verwirrung wurde dadurch erhöht, daß sie trotz ihrer leicht ironischen, angeborenen Reserve etwas für ihn übrig zu haben schien. Bevor sie

sich verabschiedeten, hatte sie ihn aufgefordert, sie in Wooton Downs, ihrem »kleinen Landsitz« in Sussex, zu besuchen. Er widerstand dem Impuls, der Einladung zu folgen, solange er konnte, doch sobald er die schlimmste Arbeit am neuen Bau hinter sich gebracht hatte, buchte er einen Platz im Süd-Expreß und telegraphierte ihr, daß er zum Wochenende komme.

Irene holte ihn — in einem Tweedkostüm und ohne Hut — mit einem hübschen Ponywagen vom Bahnhof ab. Der frühe Sommer hatte das Land mit einem Blütenflor geschmückt. Als sie die lange Auffahrtsstraße entlangfuhren, begann sich der Abendnebel um die hohen Ulmen zusammenzuziehen, in denen Krähen lärmend umherflogen; er verlieh dem alten Landsitz, dem niedrigen, mit roten Ziegeln gedeckten Haus zusätzliche Würde und Schönheit. Obgleich Joe in solchen Dingen keine Erfahrung besaß, hielt er das Gebäude für ein selten reizvolles Beispiel der Tudor-Architektur. Natürlich war es recht vernachlässigt — selbst im schwindenden Licht konnte er wahrnehmen, daß der Wetterhahn heruntergeweht, die Mauerbekrönung absturzreif, die Stalltüren abgeblättert und die alten Eibenhecken sehr verwildert waren. Aber es wirkte trotzdem reizend und nobel — ja, nobel wie die Frau an seiner Seite.

Sie speisten bei Kerzenlicht. Irenes jüngere Schwester, die im Hause wohnte, war zugegen, und ein alter zittriger Diener servierte mit vollendeter Grandezza den dreien ein einfaches Abendessen. Joe verbrachte in seinem vertäfelten Zimmer eine angenehme Nacht, und am nächsten Morgen, einem warmen und sonnigen Tag, führte ihn Irene auf dem Besitz herum.

Wiederum erfüllte es ihn mit Wohlbehagen, an ihrer Seite zu sein, und auch sie, die jünger aussah als auf der Urlaubsreise, schien über seine Anwesenheit erfreut. Als sie so nebeneinander dahinschritten, gab ihm die Nähe ihrer geschmeidigen Glieder eine plötzliche süße Vorahnung der Freuden, die eine so erlesene Frau einem Mann zu schenken vermochte.

Doch mit fortschreitendem Tag fühlte er in sich leise Bedenken aufsteigen, die sich fast bis zur Angst auswuchsen. Nicht, daß sie irgend etwas gesagt hätte — ihre Rede war, wie immer, von ruhiger Zurückhaltung geprägt —, er glaubte nur in ihren kameradschaftlichen Blicken eine halb verborgene Aufforderung, eine Botschaft zu erkennen. Sie bot sich ihm sozusagen an, im Verein mit diesem hübschen, aber im Verfall begriffenen Besitz, den sie mit Hilfe seines Unternehmungsgeistes und seiner Mittel gemeinsam wiederaufbauen würden. Ihre offenkundige Zuneigung verbarg nicht, wie sehr sie einander materiell unterstützen könnten. Als Gegengabe für seine Großzügigkeit konnte sie ihm eine sozial bedeutsame Position bieten, ihn in eine Gesellschaft einführen, in die er sonst nie Zugang gefunden hätte, ihren Einfluß ausüben, um seine Ambitionen zu fördern. Hier konnten sie in angemessener Form den besten Leuten des Landes Gastfreundschaft bieten. Dem, was sie erreichen konnten, waren keine Grenzen gezogen.

Als sie am Spätnachmittag durch den mit Seerosen überwucherten italienischen Wassergarten und durch die Pferdekoppel zurückkehrten, wo Irene dem Pony eine Karotte zusteckte, beschenkte sie ihn mit einem scheuen und zum erstenmal erregten Lächeln:

»Es würde Spaß machen, wieder einmal Jagdgesellschaften geben zu können. Ich reite leidenschaftlich gern, und Sie würden sicher auch Vergnügen daran finden.« Sie machte eine Pause, in der sie erfolglos zu ihrer früheren Ironie zurückzufinden versuchte. »Das Reiten, lieber Freund, ist eines jener Dinge, die man aufgeben muß, wenn man fast blank ist.«

Spaß machen? Ja gewiß, es würde großen Spaß machen. Trotz seiner Ängste kam Joe gewaltig in Versuchung. In dieser Nacht wälzte er sich ruhelos auf seinem Bett hin und her. Irene war eine schöne, begehrenswerte Frau — eine richtige Lady, bei Gott! —, und sie liebte ihn. Er sah sich als ihr Ehemann, Herr über diesen Besitz, mit ihrem Vater, dem Earl, vertraulich plaudern und im roten Rock bei der Parforcejagd reiten. Dann aber stöhnte er laut: »Nein, nein, tausendmal nein.« Er konnte es nicht tun — fünftausend jährlich würde es kosten, diesen Besitz zu führen, und gute zehntausend, ihn wieder auf die Beine zu stellen. Dann die Dienerschaft, die sie benötigen würden, Gärtner, Aufseher, den Verwalter der Gutsmeierei. Und wahrscheinlich würden Irenes Verwandte unaufhörlich schmarotzen kommen ... Nein, das nicht; Irene war zu gediegen, um das zuzulassen ... Aber hatte sie

nicht angedeutet, daß ihre jüngere Schwester ein Schweizer Pensionat besuchen sollte?
Joe stöhnte abermals. Nicht, daß er an seinen Fähigkeiten zweifelte, genug Geld zu verdienen; das konnte er, nicht aber konnte er sich dazu aufraffen, es auf eine so verschwenderische Art hinauszuwerfen. Das lag ihm nicht; er war bloß ein Arbeiter, ein armer Junge, der geplatzte Schuhe getragen und unter quälendem Hunger gelitten hatte. Natürlich, wenn ihm das in weiteren zehn Jahren passiert wäre, wo er seine Finanzen richtig konsolidiert und ein unangreifbares Vermögen angesammelt haben würde, dann hätte er zugegriffen, und wie! Aber nicht jetzt ... um Himmels willen nur nicht jetzt. Im ersten Schein der Morgendämmerung stand er auf, packte seinen Koffer, kritzelte eilig ein paar Zeilen, in denen er mitteilte, er werde dringend in seinem Büro gebraucht, und stahl sich auf Zehenspitzen aus dem Haus. Den ganzen Weg zum Bahnhof verfolgte ihn Irenes letztes erregtes Lächeln, aber sobald er im Zug saß, stieß er einen Seufzer der Erleichterung aus. Um vier Uhr nachmittags traf er in Tynecastle ein, rief nach seinem Wagen und fuhr geradewegs zu Sam Netleys Farm. Belle stand mit ihrer Kleiderschürze in der blitzblanken Küche und bereitete die abendliche Teemahlzeit. Joes Nasenlöcher weiteten sich beim üppigen Duft der brutzelnden Blutwürste. Er trat auf Belle zu und schloß sie derb in seine Arme.
»He, Mädel«, rief er. »Wann feiern wir Hochzeit?«

Sie heirateten eine Woche nach Fertigstellung des neuen Bürogebäudes; dieses Unternehmen brachte Joe 3750 Pfund ein, etwas weniger als berechnet, denn er hatte seine Ziegel bei steigenden Preisen einkaufen müssen — aber trotzdem ein nettes Sümmchen. Sie verbrachten die Flitterwochen — genaugenommen nur eine — in einem alten Familienhotel in Blackpool, und Joe, der sich wegen Belles Benehmen leise Sorgen gemacht hatte, konnte bald erleichtert aufatmen. Unauffällig gekleidet und durchaus anpassungsfähig, wußte Belle sehr gut, wann sie den Mund halten mußte. Sie hatte keine Flausen im Kopf, »kannte sich aber aus« und brachte Joe gelegentlich abends in ihrem Zimmer zum Lachen, wenn sie einen geschwätzigen oder anmaßenden Mitgast mit ihren trockenen und treffenden Bemerkungen bedachte.
Belles gesunder Menschenverstand war es auch, der Joe davon abbrachte, sich in Sams altem Haus neben dem Bauschuppen niederzulassen. Sie wandte ein, das entspräche nicht seiner neuen geschäftlichen Position; überdies wollte sie bessere Installationen und eine moderne Küche haben. So übernahmen sie eine der Acht-Zimmer-Villen, die Joe gebaut hatte, und Joe widmete sich noch eifriger seinen Geschäften, im wohlbegründeten Bewußtsein, zu Hause einen zuverlässigen und sparsamen Partner zu haben.
Er galt nun im ganzen Kreis als ausgezeichneter Baumeister und Unternehmer. Künstlerische

Befriedigung gewann er nicht aus seiner Arbeit; es war ein »brauchbares Geschäft«, nicht mehr als ein Mittel zum Zweck ...
In den folgenden Jahren kam er gut weiter. Er war, wie gesagt, ein recht liebenswerter Geselle, dem es nicht schwerfiel, sich Freunde zu schaffen. Ungleich dem armen George Grigson, dessen Durchschlagskraft auf instinktiven Widerstand gestoßen war, hatte Joe infolge seiner ruhigen Freundlichkeit nur wenige Feinde. Bald konnte er neue Verträge abschließen. Seine Position wurde immer unangreifbarer.
Während sich jedoch sein Geschäft zu einem großen Unternehmen ausweitete, war Joe kein Auftrag zu gering. Zwei junge Architekten waren mit der Erledigung kleinerer Bauarbeiten beschäftigt. Und wenn einer seiner weniger begüterten Nachbarn zu ihm kam und ihn zögernd bat, eine Garage in seinem Hinterhof »aufzustellen« — was nicht mehr als fünfzig Pfund einbrachte —, schlug ihm Joe auf die Schulter und verrichtete gute Arbeit. Ein Profit von auch nur fünf Pfund blieb immer noch ein Profit.
Joe hatte so viel zu tun, daß er — von ein paar freien Tagen abgesehen, die er gelegentlich einlegte — keine Zeit fand, sich einen Urlaub zu leisten. Während dieser Zeit wurden ihm zu seiner großen Freude zwei Söhne geboren; er schickte sie, wenn der Sommer kam, mit Belle an die Küste oder, öfter noch, auf Sams Farm im Alnwick-Moor, fand aber kaum Gelegenheit, sich ihnen anzuschließen. »Nächstes Jahr«, sagte er mit gequältem Lächeln, wenn sie ihn mitzukommen ba-

ten. Aber wenn der nächste Sommer da war, stand meist eine neue wichtige Arbeit auf dem Programm.

Es war jammerschade, denn Joe hatte nun wirklich kaum mehr eine Entspannung. Er aß äußerst bescheiden, trank und rauchte selten, besuchte seinen Klub nur fallweise. Er ging weder fischen noch jagen, anders als Sam, der sich zu einem passionierten Kaninchenjäger entwickelt hatte. Ja es wurde sogar recht mühsam, ihn zu einem Besuch seines Schneiders zu bewegen. Wenn Belle ihn dazu überreden wollte, antwortete er augenzwinkernd: »Ein Mann wie ich kann sich's leisten, alte Anzüge zu tragen.« Und, den Arm um ihre Taille legend: »Ich mag sie ebensosehr wie meine Alte.«

Ja, immer wieder mußte er voll Befriedigung feststellen, daß er keinen Fehler begangen hatte, Belle zu heiraten — nun, sie war nicht gerade erregend, aber dafür haushälterisch, anspruchslos, vernünftig. Natürlich war sie nicht so dumm, an ihrem einstigen niedrigen Lebensstandard festzuhalten. Sie hatte nun ein Dienstmädchen, und einmal wöchentlich kam eine Frau waschen. Sie zog die Kinder warm und gut an. Ihre eigene Garderobe enthielt ein nettes dunkles Kleid für abendliche Ausgänge und offizielle Geselligkeiten, zu denen Joe und sie gelegentlich eingeladen wurden. Aber sie strickte noch immer Socken für Joe und die Jungen, kochte ihnen schmackhafte Mahlzeiten, pflegte sie, wenn sie krank waren, machte ihnen Umschläge bei Erkältungen. Sie hatte von Joe niemals etwas verlangt, das über ein neues elektrisches Bügeleisen oder eine moderne Waschmaschine hinausging. Oft überschlug er in seinem Arbeitszimmer, daß sie den Haushalt mit weniger als fünfhundert Pfund jährlich bestritt — und gut bestritt. Und er selbst machte nun, über den Daumen gepeilt, seine fünfzehntausend pro Jahr.

In einem Anflug von Gefühlsseligkeit trat er an ihrem fünfunddreißigsten Geburtstag auf sie zu — sie war in eine Strickarbeit vertieft — und ließ dramatisch ein Stück knisterndes Papier in ihren Schoß fallen. Es war ein Pfandbrief der Stadt Tynecastle, lautend auf eintausend Pfund.

»Das ist für dich, Alte«, sagte er mit einem bewegten Unterton. »Du bist mehr als das Hundertfache wert.«

Sie musterte das Papier gelassen und reichte es ihm dann zurück. »Was soll ich damit? Leg's in deine Kassette zu den anderen, Mann.«

Er stand wie versteinert da, konnte seinen Ohren nicht trauen. Dann umarmte er sie gefühlvoller denn je. Was für eine Frau! Um sein Gewissen wegen der Rücknahme des Pfandbriefes zu beruhigen, eröffnete er für jeden der Jungen ein Sparkonto. Jetzt, da sie das sechste, beziehungsweise achte Lebensjahr erreicht hatten, war es an der Zeit, daß sie den Wert des Geldes kennenlernten.

Joes Erfolge wuchsen — alles, was er anrührte, wurde zu Geld. Als zerlumpter kleiner Junge hatte er davon geträumt, einst fünfhundert Pfund zu besitzen. Als junger Mann hatte er diese Ziffer auf fünftausend erhöht. Zehn Jahre später hatte er sich gesagt, daß fünfzigtausend Pfund ihn unabhängig machen, sein Leben sicherstellen würden. Doch jetzt, da er diesen Betrag bei weitem überschritten hatte, war er noch immer nicht befriedigt und sorgenfrei. Wenn er, hinter verschlossenen Türen, in seinem schwarzen Büchlein die Zahlen aneinanderreihte, stiegen ihm Ängste vor einer drohenden Inflation auf. Alles stieg im Preis. Tee, Zucker und Butter waren teurer geworden. Sogar die Tageszeitung kostete nun das Doppelte. Und was die Steuern betraf — die verursachten Joe Alpträume; die Beträge, die er für sie zu entrichten hatte, brachen ihm fast das Herz.

Als er eines Tages einen besonders hohen Scheck unterzeichnet hatte, vertraute er seine Sorgen Freund Sam an, der eben in Hemdsärmeln ein Zwerghuhn für die bevorstehende Geflügelschau herausputzte.

»Diese Schweine, Sam«, stöhnte er im Zuge einer längeren Schmährede gegen die Steuerbeamten. »Bis auf die Haut haben sie mich ausgezogen.«

Sam ließ sich in seiner Arbeit nicht unterbrechen. »Na«, meinte er sorglos, »du hast trotzdem noch etliches im Sparstrumpf.«

Joe errötete heftig und überhäufte, sonst nicht eben dem Fluchen geneigt, Sam mit Verwünschungen. »Zum Teufel, Mensch, rede doch nicht so kopflos daher!«

Äußerst verärgert und mit dem Gefühl, be-

schimpft worden zu sein, ging er nach Hause. Als er die Auffahrt zur Villa erreichte, bemerkte er, daß im Werkzeugschuppen, der seinen Söhnen jetzt als Bastelraum diente, noch immer das Licht brannte. Das Blut stieg Joe zu Kopf. Bestimmt hatte es den ganzen Tag lang gebrannt! Als die Jungen von der Schule zurückkehrten, erwartete er sie am Tor. »Wer von euch beiden hat das Licht im Schuppen brennen lassen?«
Sie tauschten unsichere Blicke; dann sagte der ältere:
»Wahrscheinlich ich, Vater. Hab' gestern abend dort mit meiner Laubsäge gearbeitet.«
»Gestern abend!« rief Joe erbost. »Seit fast achtzehn Stunden! Das heißt, daß du eine volle Stromeinheit verschwendet hast.«
Der Kleinere piepste dazwischen: »Eine Stromeinheit kostet bloß Sixpence, Vater.«
»Bloß Sixpence!« Joe vermochte seiner Entrüstung kaum Herr zu werden. »Hör mal, als ich noch ein Junge war, bedeuteten Sixpence ein Vermögen. Ich hatte keinen einzigen Penny, geschweige denn sechs, zum Hinauswerfen.«
Er brach ab; wenn er sie bloß ansah, wurde er weich. Es waren prächtige Jungen, der ältere an die Vierzehn — prächtige, gescheite, aufrechte Jungen, die die beste Schule der Stadt besuchten und ihm Ehre machten. Er legte jedem einen Arm um die Schulter und schritt so mit ihnen auf das Haus zu.
»Seht ihr«, begann er in einem zärtlichen, erinnerungsreichen Ton, »ich war ein schrecklich armer Junge . . .«

Die Jahre verstrichen, und Joe verdiente in seiner ruhigen, stillen Art weiter schweres Geld. Wie reich er war, erfuhr ich erst im Jahr 1940, zwölf Monate nach Ausbruch des Zweiten Weltkrieges, als er eines Tages meine Ordination aufsuchte, um sich untersuchen zu lassen. Seine Söhne, nun im wehrtauglichen Alter, waren in Uniform, und er selbst arbeitete schwerer denn je — an einer Kette von militärischen Ausbildungslagern und an der Anlage eines gigantischen transatlantischen Flughafens.

Jetzt sah er mich aus freundlichen und müden Augen an.

»Doktor«, sagte er, »stell mich wieder richtig auf die Beine.«

»Wo fehlt's denn eigentlich?«

»Oh, weiß nicht genau. Vielleicht bin ich nur überarbeitet. Ich leide unter Depressionen, mach' mir Sorgen um die Zukunft.«

»Was für Sorgen, Joe?«

»Na, du weißt doch, jedermann hat das Gefühl, daß dieser verdammte Krieg unser Ruin ist. Daß er die freie Wirtschaft umbringt, die Inflation herbeiführt, unsere ganze Wirtschaftstruktur erschüttert. Bei dieser Vorstellung muß man wirklich krank werden.« Seine Miene verdüsterte sich noch mehr. »Der Gedanke, daß Belle und die Jungen einmal Not leiden könnten . . . Hab' mich umgesehen, wie man sich gegen die Inflation absichern könnte. Aber da gibt es nichts, jedenfalls nichts Verläßliches . . .«

Er brach ab. Es entstand eine Pause.
»Joe«, sagte ich plötzlich. »Wieviel bist du eigentlich wert?«
Er streifte mich mit einem verschämten Blick. Dann antwortete er leise: »Sag's niemandem weiter ... rund eine Million Pfund.«
Ich war fassungslos. »Das ist aber ein Haufen Geld, Joe.«
»Heutzutage nicht«, erwiderte er düster. »Ich könnte morgen aufwachen und als Bettler dastehen.«
Ich untersuchte ihn gründlich. Sein Blutdruck war um eine Spur zu niedrig, offenbar machte er zuwenig Bewegung; aber sonst fehlte ihm nichts — absolut nichts, worüber man sich den Kopf zerbrechen mußte. Ich teilte es ihm mit.
»Schön«, sagte er, knöpfte seine Weste zu und lächelte mich verlegen und herzlich an. »Aber was nun?«
Ich nahm einen Anlauf. »Joe, was wär's, wenn du dein Geld auszugeben versuchtest?«
»Was?« Er sah mich an, als wäre ich verrückt. »Mein Kapital verschleudern?«
»Heutzutage hat man sein Kapital im Hirn. Es würde dir mächtig guttun, Joe, es würde eine Menge tiefverwurzelter Hemmungen ausrotten, wenn du dich aufraffen könntest, dein Geld auszugeben, nach freiem Belieben auszugeben.«
»Wofür denn?« fragte Joe.
»Mein Gott, wofür du willst«, antwortete ich. »Vor allem aber für dich selbst.«
Ich sprach lange und eindringlich auf ihn ein, um so eindringlicher, als ich im Begriff stand, am

nächsten Tag in die Vereinigten Staaten abzureisen, wo ich einen Posten als Verbindungsoffizier zum Roten Kreuz antreten sollte. Ich hoffte von Herzen, daß er meinen Rat befolgen werde. Aber ich war zutiefst vom Gegenteil überzeugt.

Ich sah ihn erst nach neun Monaten wieder, und zwar in New York, wo ich vorübergehend ein Absteigequartier genommen hatte.

Als ich die Fifth Avenue entlangging, sah ich Joe vor einem hochnoblen Laden stehen, in den Anblick seidener Krawatten vertieft, die im Fenster zur Schau gestellt waren.

»Einkäufe machen, Joe?« fragte ich, nachdem wir einander begrüßt hatten. »Das sind aber wirklich hübsche Krawatten.«

»Weißt du, was sie kosten?« Er legte eine wirkungsvolle Pause ein. »Fünfundzwanzig Dollar das Stück!«

»Sie sind aus Reinseide und handbemalt«, hob ich hervor. »Einmal kannst du wohl über die Stränge schlagen. Komm, Joe. Erinnere dich an meine Worte.«

»Aber fünfundzwanzig Dollar für eine Krawatte hinausschmeißen!« wiederholte Joe überwältigt. »Das sind in unserem Geld mehr als sechs Pfund. Für diesen Betrag kann man sich einen ganzen Anzug, Schuhe, Socken, Unterwäsche, Hemd, Kragen und Krawatte kaufen, eine volle Ausstattung also, und es bleibt einem dann immer noch genug für eine Mahlzeit. In meiner Jugend ...«

War es nur Einbildung, oder sah ich wirklich in diesem Augenblick seine dürre Tante vor mir, wie sie in einem fort murmelte: »Das kannst du dir nicht leisten, Junge!«

Ich verließ Joe, wie er noch immer ins Schaufenster starrte und noch immer fassungslos und verstört überlegte, ob er sich eine Krawatte kaufen solle. Ich wußte natürlich, daß er es nicht tun würde. Und so, stellte ich mir vor, wird es weitergehen bis zu jenem Tag, da in den Zeitungen eine interessante Nachricht steht, erläutert durch eindrucksvolle Ziffern, und man den armen lieben alten Joe, der noch immer verstört aussieht, in einem Sarg wegführen wird, dessen Preis so hoch ist, daß er sich ruhelos im Grab hin und her drehen wird. Es war zwar ein trauriges Bild, aber während ich die Fifth Avenue hinunterwanderte, konnte ich — ich muß es zu meiner Schande gestehen — nicht anders, als in Lachen auszubrechen.

Doch ich sollte dieses dumme Lachen bald bereuen, denn meine überhebliche Vorschau auf Joes Zukunft hatte nichts von dem tragischen Ereignis geahnt, das bloß zwei Monate später, gegen Ende Oktober 1941, eintrat. Während eines Luftangriffes auf Tynecastle fiel eine Bombe direkt auf Joes Haus. Joe selbst befand sich zu dieser Zeit in seinem Stadtbüro und kam mit dem Leben davon. Aber seine zwei Söhne, auf Heimurlaub von ihrem Ausbildungslager, waren mit der Mutter im Haus. Alle drei fanden auf der Stelle den Tod.

Ich schrieb sofort einen langen Brief an Joe, voll

Anteilnahme und voll Reue. Ich bekam keine Antwort, erwartete auch keine; ich wußte, Joe war völlig gebrochen. Einen Monat später jedoch erhielt ich eine gedruckte Dankkarte für meine Kondolenz — wie es unter solchen Umständen üblich ist. Davon abgesehen, hörte ich mindestens sechs Monate nichts mehr von ihm. Dann aber begannen mich seltsame Nachrichten zu erreichen. Ich war noch immer in Amerika stationiert, so daß meine Informationen nur spärlich einliefen und bisweilen recht unzureichend waren. Doch sie stammten von mehreren verläßlichen Quellen und wurden zudem von gewissen Notizen, die immer wieder in den Tynecastler Zeitungen erschienen, bestätigt.
Da erhielt ich einen langen Brief von Sam Netley — einen sachlichen und trotzdem von Bewunderung erfüllten Brief, der jeden Zweifel aus dem Weg räumte. Ich erkannte, daß es der verhängnisvollen Bombe, die Joes Familie ausgerottet hatte, gelungen war, einen lebenslangen Komplex aus seiner Seele zu vertreiben. Dennoch benahm es mir den Atem, als ich das Verzeichnis las, das Sam Netley dem Brief beigeschlossen hatte. Wenn man alle Beiträge zusammenzählte — fürstliche Summen für ausgebombte Spitäler, für den Flüchtlingsfonds und viele andere Organisationen —, dann ging hervor, daß Joe volle drei Viertel seines Vermögens für karitative Zwecke ausgegeben hatte. Es war unglaublich, aber wahr.
Ich sah ihn erst nach fast zwei Jahren wieder. Da begegnete ich ihm, einige Wochen nach Kriegsen-

de wieder in Tynecastle, auf der Hauptstraße. Ich hatte mich darauf gefaßt gemacht, einen gebrochenen und vorzeitig gealterten Mann anzutreffen. Doch nein: Joes Haar war zwar fast ganz weiß geworden, aber seine Erscheinung war aufrecht, kraftvoll und gesund, und sein Lächeln viel, viel heiterer als früher. Als er meine Hand mit festem Druck umfaßte, stand keine Angst in seinen Augen. Von Furcht frei und endlich imstande, sein Haupt zu heben und auf die Sterne zu blicken, machte er den Eindruck eines Befreiten.

Als wir später bis in die Nacht hinein miteinander geplaudert hatten — er erzählte mir voll Begeisterung von seinen Plänen für ein großes neues Heim, das durch den Blitzkrieg verwaiste Tynesider Kinder aufnehmen sollte —, schenkte er mir nochmals jenes seltene, neue, sorgenfreie Lächeln. »Hast recht gehabt, Doktor«, sagte er. »Ich war immer ein Knauser. Aber, bei Gott, du hast keine Ahnung, was für einen Spaß es macht, Geld auszugeben.«

Die einzige Möglichkeit

Als ich vergangenen Winter Dr. Squirnes zum erstenmal nach dem Krieg wiedersah, stellte ich mit Erstaunen fest, wie sehr er sich verändert hatte.

Frederick Bamford Squirnes war der führende Arzt von Dymchester. Genaugenommen war er der einzige Arzt dieser kleinen, konservativen Landstadt in Wessex, denn keine Opposition vermochte sich ihm gegenüber längere Zeit zu behaupten, und wenn sich auch hie und da ein praktischer Arzt in den Ort verirrte und seine Tafel aushängte, konnte er gegen den alteingesessenen Arzt nichts ausrichten und suchte unwandelbar nach ein paar Monaten das Weite.

Nun ja, Dr. Squirnes hatte alle Vorteile auf seiner Seite. Er entstammte einer gutsituierten Familie in Dymchester. Nach seinen Studien in Winchester und Cambridge hatte er in eine der ersten Wessexer Familien eingeheiratet — seine Frau war Lord Sedgefields zweite Tochter —, und dies hatte ihm sowohl gesellschaftlich wie beruflich den Weg in die großen Häuser des Distrikts geöffnet. Er nahm an Parforcejagden teil, war ein gewaltiger Schütze, übte in Dymchester das Amt des Friedensrichters aus und führte in seinem großen georgianischen Rohziegelhaus,

Front zum Hauptplatz, ein standesgemäßes Leben; ein livrierter Page stellte die Medikamente zu, und der unentbehrliche, ihm blind ergebene alte Banks lenkte seinen blitzblanken, aber diskreten Rolls Royce.
Als ich ihn kennenlernte, war er im besten Mannesalter, noch nicht fünfzig, und seit drei Jahren verwitwet. Seine Haltung war aufrecht und militärisch, sein bulliges Gesicht mit den blauen Augen gerötet vom Leben im Freien und dem erlesenen Portwein, den er nach dem Essen trank. Er war stets makellos gekleidet, trug ein kurzes Schnurrbärtchen nach Kavalleristenart und sah wie ein Husarenoberst aus.
Seine unangefochtene Position hatte ihn, im Verein mit einer überheblichen und cholerischen Veranlagung, zu einem regelrechten Autokraten gemacht. Er duldete, nach seinen eigenen Worten, »keine Mucken von seiten der Patienten«. Sein Wort galt sogar bei den umwohnenden Landedelleuten als Gesetz. Und was die Geschäftsleute und Bauern betraf — die zitterten meist, wenn sie ihn sahen. Denn er pflegte Leute, die ihn spät abends — oder überhaupt nicht — riefen, in einer Art zurechtzuweisen, die an Kasernenton streifte.
Trotz seiner halsstarrigen Arroganz erfreute er sich als Arzt eines ausgezeichneten Rufes. Seine einfachen und wirkungsvollen Methoden entsprachen der ländlichen Mentalität. Er glaubte an ein paar fundamentale Heilmittel — Sennesblätter und Schwefel, Brechnuß, frische Luft und kräftige Senfpflaster. Er purgierte, machte Um-

schläge, renkte Gelenke ein, senkte das Fieber, linderte Entzündungen. Die Erfahrung hatte ihm eine gute »Nase« für gefährliche Erkrankungen gegeben — er konnte sie riechen, sobald er ein Krankenzimmer betrat.

Nichts machte ihm mehr Freude, als wenn man ihn einen »soliden« Arzt nannte. Ja gewiß, er war ein solider Arzt, er hielt nichts von diesem neumodischen Humbug, diesen schundigen Vitaminen und Impfstoffen, die heute auftauchten und morgen bereits überholt waren. Hätte jemand die Andeutung gewagt, er sei altmodisch, würde er auf seine Erfolge, seine prächtige Praxis verwiesen und dem Betreffenden zweifellos gesagt haben, er möge sich zum Teufel scheren.

Dr. Squirnes besaß ein einziges Kind, eine Tochter namens Elizabeth, die mit einundzwanzig Jahren den Sohn eines Londoner Anwalts heiratete. Die Verbindung war nicht ganz nach Squirnes' Geschmack — ihm wäre für seine Tochter ein Aristokrat aus Dymchester lieber gewesen. Doch dem jungen Mann sollte es nicht lange beschieden sein, das Mißfallen seines Schwiegervaters zu erregen. Binnen fünf Jahren brach der Krieg aus, er wurde als Reserveoffizier eingezogen und fiel vor Dünkirchen.

Dr. Squirnes lud sofort Elizabeth und die kleine Mary ein, ihr Heim bei ihm aufzuschlagen. Ihm erschien dieses Arrangement glänzend; er hatte an seiner vierjährigen Enkelin einen Narren gefressen und konnte ihr jede Annehmlichkeit bieten. Aber Elizabeth hatte, trotz ihrer Ruhe und Reserviertheit, einen eigenen Willen; sie stimmte durchaus nicht immer mit ihrem rechthaberischen Vater überein. Sie sah sich nach einer getrennten Wohnung um und bestand darauf, das »Giebelhaus« zu mieten, ein freundliches Landhäuschen im Tudorstil, das ganz in der Nähe des Arzthauses am Rande des Gemeindeangers lag.

Es wurde für Dr. Squirnes das Zentrum eines neuen Interesses.

Obwohl die Kriegsjahre seine Arbeit vermehrten und ihn noch selbstherrlicher und gereizter machten, verging kaum ein Tag, dem er nicht eine halbe Stunde abknappte, um sie mit dem blondhaarigen und blauäugigen Kind im »Giebelhaus« zu verbringen. Er hatte, wie die meisten bärbeißigen Menschen, eine verborgene sentimentale Ader. Er überhäufte Mary mit kleinen Geschenken, stellte für sie ein Pony in die Koppel ein, nahm sie sonntags im Auto mit, wenn das Wetter schön war. Lady Sedgefields Bemerkung, er stehe besonders hoch in der Gunst des kleinen Mädchens, erfüllte ihn mit ungemeiner Freude.

Eines Tages geschah in Dymchester etwas, das anfangs bloß mit ganz flüchtigem Interesse aufgenommen wurde: ein neuer Arzt schlug seine Praxis in der Hauptstraße auf. Neu war an diesem Umstand nur das eine, daß der Ankömmling eine Frau war, und nicht nur eine Frau, sondern noch dazu eine Ausländerin, ein österreichischer Flüchtling aus Wien.

Squirnes hörte zunächst durch Banks von ihr; dieser erzählte seinem Herrn einiges über sie, ein ironisches Lächeln auf den beherrschten Zügen, und schloß seine Ausführungen mit den Worten: »Nach den anderen zu urteilen, Sir, geb' ich ihr einen Monat.«

Dr. Squirnes, der eine lange Liste von Visiten vor sich hatte, gab im Fond des Wagens ein Knurren als Antwort. Er hatte Banks kaum zugehört. Doch als am nächsten Sonntagnachmittag eine junge Frau zu ihm ins Haus kam, sich als Dr. Frieda Hahn vorstellte und erklärte, sie mache ihm einen »Anstandsbesuch«, erinnerte er sich an Banks' Bemerkungen, und das Blut stieg ihm zu Kopf. »Anstand« nannte sie das! Diese verdammte Ausländerin wagte ihm gegenüber von Manieren zu reden! Immer schon waren ihm ärztlich tätige Frauen verhaßt gewesen; sie hatten weder das Hirn noch die Hände dafür. Überdies hatte sie seine geheiligte Nachmittagssiesta gestört. Wenn sie wenigstens hübsch gewesen wäre! Das hätte einen mildernden Umstand dargestellt. Aber sie war ein ganz unauffälliges Wesen mit blassem Gesicht, dunklem Haar und einer Brille vor den grünbraunen Augen. Und wie nachlässig sie angezogen war — sie trug einen billigen schwarzen Rock und eine dunkelgraue Bluse. In eisigem Ton erklärte er ihr, daß er beschäftigt sei, dann läutete er nach dem Diener, damit er sie hinausgeleite.

Sie erhob sich, als dieser erschien. »Es tut mir leid, Sie gestört zu haben, Herr Doktor. Trotzdem hoffe ich auf eine Zusamenarbeit.«

Er blickte in seiner hochmütigsten Chesterfield-Manier auf sie hinab. »Auf was für eine Zusammenarbeit, wenn ich fragen darf, Madam?«
»Nun«, erwiderte sie erstaunt, »unserer Praxen.«
»Madam«, gab er schneidend zurück, »in Dymchester gibt es nur eine einzige Praxis.«
Sie musterte ihn leise verwundert, fast verständnislos. Dann schloß sich die Tür hinter ihr.
Mehrere Wochen lang hörte Dr. Squirnes nichts vom Eindringling, und dennoch: mochte sie auch viel zu tief unter ihm stehen, um seine Beachtung zu verdienen, lauerte er seltsamerweise auf Nachrichten von ihrer Abreise und wartete darauf, Banks in einer Mischung aus Unterwürfigkeit und Belustigung sagen zu hören: »Wir haben recht gehabt mit dieser Ausländerin, Sir. Gestern abend hat sie ihre Koffer gepackt und ist abgefahren.«
Doch die Nachrichten, die zu ihm drangen, waren ganz anderer Art. Da man Dr. Squirnes allerseits mit vorsichtiger Ehrerbietung begegnete und er von einem loyalen Personal umgeben war, sickerten unangenehme Informationen nicht leicht zu ihm durch, aber endlich geschah es doch: man sprach unmißverständlich und aufreizend von den Erfolgen Dr. Frieda Hahns.
Verdrossen nahm er dies als Klatschgeschichten auf. Doch es gab Tatsachen, die nicht so leicht von der Hand gewiesen werden konnten. Im Fall von Farmer Digbys Frau, zum Beispiel, hatte Frau Dr. Hahn durch das Verordnen einer Spezialdiät einen schmerzhaften Hautausschlag geheilt, bei dem Dr. Squirnes' Salben versagt hat-

ten. Henry Drakes Asthma — seine grauenhaften nächtlichen Anfälle von Atemlosigkeit, die ihn seit Jahren gequält hatten — schien sich auf Grund so einer verdammten Injektion, die sie ihm verabreicht hatte, verflüchtig zu haben. Ferner hatte sie mittels eines elektrischen Apparats die Gesichtsparalyse vom jungen Pratt, dem Sohn des Kornhändlers, zum Verschwinden gebracht, an der der Junge seit seiner Ohrenoperation litt. Diese Nachricht verdroß Dr. Squirnes am meisten, denn er hatte durch einen allzu kühnen Einschnitt seinerzeit den Nerv beschädigt und die daraus resultierenden Beschwerden des Jungen als unheilbar und göttliche Fügung bezeichnet.

Sein Ärger wuchs, und mit ihm sein Groll. Wer war dieser Flüchtling? Mit welchem Recht praktizierte sie hier? Er schickte dem Sekretär des Ärzteverbandes in London ein scharfes Telegramm, in dem er eingehende Aufklärung über Dr. Frieda Hahn forderte. Die rasche Antwort zerstörte seine Hoffnungen und vergrößerte seine Bestürzung. Der Sekretär erklärte entgegenkommend und ausführlich, daß Dr. Frieda Hahn eine begabte junge Wiener Ärztin sei, die nicht nur auf dem Kontinent mehrere Auszeichnungen erhalten, sondern auch nach ihrer Ankunft in England die Doktorwürde in London ehrenvoll errungen hatte.

Dr. Squirnes zerriß das Telegramm wütend in Fetzen. Dann straffte er die Schultern im Vertrauen auf seine gesicherte Position, sein schönes Haus, seine zahllosen Vorteile. Seine Lippen kräuselten sich verächtlich. Mochte sich die glänzende junge Dame einen kurzen Augenblick an seinen »abgelegten« Patienten erfreuen — die liefen ja immer jedem Neuen in die Arme. Bald genug würde ein schwerer Schnitzer sie wieder zu ihm zurückführen.

Doch die Monate vergingen, ohne daß es ein Anzeichen für Dr. Hahns Sturz gab. Im Gegenteil, sie verfolgte ruhig und unaufdringlich weiter ihren Weg, der sich nun regelrecht in die Wurzeln von Dr. Squirnes' Praxis einschnitt. Ihre wissenschaftliche Erfahrung und ihre einfachen, aber meisterhaften Methoden bildeten das allgemeine Gesprächsthema. Überdies war sie freundlich-bescheiden und äußerst sanft. Blitzartig überkam die Einwohner Dymchesters die Erkenntnis, daß sie allzulange das »arrogante Benehmen des Alten« ausgestanden hätten. Ebenso dachten leider auch viele Angehörige des Landadels. Vor den Herrenhäusern, wo einst der funkelnde und diskrete Rolls Royce geparkt hatte, stand jetzt, etwas hergenommen, aber ordentlich instand gesetzt, ein schwarzlackiertes Fahrrad.

Diese anhaltende und ständig zunehmende Demütigung wurde für Frederick Bamford Squirnes zur bittersten Seelenqual. Er bildete sich ein, daß die Leute hinter seinem Rücken über ihn tuschelten. Auf der Straße sah er Bedauern in jedem Blick, fand im einfachsten Gruß einen Unterton von Mitleid. Selbst seine Diener schienen sich unbehaglich zu fühlen, wichen seinen Augen aus. Wenn er nachts in seinem Arbeitszimmer vor sich hin brütete, redete er sich ein, daß er einen

Wettstreit mit einem Ebenbürtigen, ja sogar einem beflissenen Jungarzt seiner eigenen Universität begrüßt hätte; aber von einem Außenseiter in den Schatten gestellt zu werden — das konnte er, wollte er nicht ertragen. Unaussprechliche Worte traten über seine Lippen. Er haßte die Ärztin mit einer Intensität, die größer war als je zuvor, knirschte mit den Zähnen und schwor sich, es ihr heimzuzahlen.

Als er eines späten Novembernachmittags von seiner Runde zurückkehrte, erfuhr er, daß man im »Giebelhaus« nach ihm verlangt hatte; seine Tochter hatte angerufen, um mitzuteilen, daß Mary Kopfschmerzen habe und sich nicht ganz wohl fühle. Inmitten so vieler Treubrüche und Entmutigungen heiterte dieser Beweis von Loyalität Squirnes auf — zumindest in der eigenen Familie war sein Ansehen noch ungebrochen. Er nahm sich vor, hinüberzugehen, nachdem er eine Tasse Tee zu sich genommen hatte. Doch auf dem Weg in sein Arbeitszimmer hielt ihn ein Telefonanruf zurück. Es war neuerlich Elizabeth, die ihn dringend bat, sofort zu kommen. Mary wand sich in Krämpfen.

Dr. Squirnes war binnen vier Minuten bei der Villa. Elizabeth sah verstört aus, als sie ihn am Haustor empfing und ins Kinderzimmer hinaufbegleitete. Sobald sein Blick auf das Kind gefallen war, das verkrampft und halb bewußtlos inmitten seines Spielzeugs dalag, zog sich sein Herz in plötzlicher Angst zusammen. Sein In-

stinkt, seine Erfahrung sagten ihm, daß die Lage äußerst ernst war.
Mit rascher Hand schuf er Erleichterung in den unmittelbar aufgetretenen Symptonen und stellte dann eine sorgfältige Untersuchung an. Als er sie beendet hatte, war sein Gesicht ungewöhnlich bleich. Doch mit dem Aufgebot all seiner Kräfte und Verstellungskünste beruhigte er die ängstliche Mutter, schrieb ein paar Rezepte aus und versprach, zuverlässig später am Abend wiederzukehren. Er kam bereits nach einer Stunde, dann nochmals vor Mitternacht und zweimal am nächsten Morgen. Auch brachte er seine alte Freundin, die Oberin des Städtischen Spitals, mit, die im Verein mit seiner eigenen Stationsschwester die Pflege des Kindes übernehmen sollte.

Zu diesem Zeitpunkt hatte es keinen Sinn mehr, den Ernst des Falles vor Elizabeth zu verbergen. Wie von Sinnen rang sie die Hände, flehte ihn an, ihr die Wahrheit zu sagen. Er mußte es tun — es war die schmerzlichste Pflicht seines Lebens. Mary hatte Genickstarre.
Sie blickte ihn verständnislos an und murmelte mit zitternden Lippen: »Wir müssen etwas tun.«
»Wir tun ja alles ... alles ...« Er legte ihr den Arm um die Schultern, unterdrückte mühsam die eigene Bewegung. »Du weißt doch, wie sehr sie auch mir ans Herz gewachsen ist.«
Im Laufe dieses Tages verschlimmerte sich Marys Befinden zusehends. Sie war kein beson-

ders robustes Kind, und die Infektion hochvirulent. Schon war ihr Gesichtchen zu einem Nichts zusammengeschrumpft, und ihre Stirn unter dem Eisbeutel schien über den schielenden Augen hervorzuquellen. Die Krämpfe hatten sie völlig erschöpft. Während der Nacht blieb Dr. Squirnes in der Villa; ab und zu zog er sich auf den Diwan im Salon zu einer kurzen Rast zurück. Beim Anbruch des nächsten grauen und trüben Novembermorgens richtete er über das Bett des Kindes hinweg seinen Blick auf Elizabeth. Leise und stockend teilte er ihr mit, daß keine Hoffnung mehr bestehe.

Er hatte erwartet, daß Elizabeth in Schluchzen ausbräche, doch sie schwieg; dann blickte sie ihn steinern an.

»Vater«, sagte sie, »ich möchte, daß Frau Dr. Hahn zu Mary kommt.«

Ihre Worte waren wie ein Dolchstich. Er starrte seine Tochter fast flehend an.

»Nein, Elizabeth«, bat er gequält. »Es hat keinen Sinn.«

»Ich möchte Frau Dr. Hahn zuziehen«, wiederholte sie.

»Aber, Liebste«, ächzte er. »Du kennst doch meine Position ... wenn du als meine Tochter dieses Weib herbeirufst ... und noch dazu ganz zwecklos ...«

Zum drittenmal sagte sie: »Ich möchte Frau Dr. Hahn.«

Er neigte das Haupt. Mit gebeugten Schultern wandte er sich um und ging die Treppe hinunter. Nur seine Liebe zu Mary hinderte ihn, das Haus zu verlassen. Er suchte das Frühstückszimmer auf und ließ sich in einen Sessel fallen.

Dann hörte er, wie die Eingangstür aufging. Sie war's. Er wartete, starrsinnig entschlossen, sich nicht mit ihr zu beraten. Er lauschte auf die Stimmen und Bewegungen im oberen Stockwerk. Nach einer Pause betrat Frau Dr. Hahn das Zimmer und stand ihm gegenüber.

Er erhob sich, die Nerven bis zum Zerreißen gespannt, und zwang sich, der Verhaßten ins Gesicht zu blicken; er war sich bewußt, daß er um Elizabeth und des Kindes willen, um seiner selbst willen eine würdevolle Haltung einnehmen mußte. Er hörte ihr steif zu, als sie zu sprechen begann, ihrer Anteilnahme Ausdruck verlieh, sich mit seiner Diagnose völlig konform erklärte. Trotz seiner Qual wallte in ihm ein Schimmer von Stolz hoch, als sie ihm ihre Billigung aussprach.

Nach einem kurzen Schweigen sagte sie: »Ich glaube, es gibt nur eine einzige Möglichkeit.« Er setzte zu einer Antwort an, aber bevor er noch sprechen konnte, nannte sie den Namen eines Heilmittels, das zu dieser Zeit noch ganz unbekannt war.

Penicillin. Der Name sagte ihm nichts. War das eines dieser neumodischen Präparate, dieser wertlosen neuen Errungenschaften, die wie Flut und Ebbe kamen und gingen? Er hatte noch nie davon gehört. Er starrte sie fassungslos an, als sie ihm das Mittel in raschen Worten als einen auf gewisse Krankheitserreger äußerst zerstörend wirkenden Schimmelpilz schilderte; es sei kaum über das Versuchsstadium hinaus gediehen, aber sein Entdecker hatte es erst im vergangenen Monat mit Erfolg an einem Patienten angewandt, der von derselben Erkrankung wie Mary befallen worden war. Obgleich es noch nicht auf dem Markt war, glaube sie binnen vier Stunden das neue Medikament beschaffen zu können. Dürfe sie es mit seiner Erlaubnis anwenden — wenn es nicht schon zu spät war?

Von einander widerstreitenden Regungen hin und her gerissen, machte er eine unbestimmte Handbewegung, die auch als Zustimmung gedeutet werden konnte. Sie verließ ihn sofort und eilte zum Telefon in der Halle.

Wie betäubt ging er ins Krankenzimmer hinauf und stellte sich an das Fußende des Bettes. Du lieber Gott, er konnte doch sehen, daß es dem Ende zuging. Das Kind lag, ohne ein Lebenszeichen von sich zu geben, im Koma, das der Auflösung vorangeht.

Mit schrecklicher Klarheit wurde ihm die Zwecklosigkeit von Frau Dr. Hahns Unternehmen bewußt; sie schnürte ihm die Kehle zu. Wozu hatte sie in der armen Mutter falsche Hoffnungen genährt? Wußte er nicht den Tod zu erkennen? Hatte er ihn nicht schon hunderte Male in seiner ganzen grimmigen Unerbittlichkeit sehen müssen? Nur ein Scharlatan hätte gewagt, diese endgültige feierliche Stunde zu entweihen.

Seine Gefühle für das Kind verstärkten noch seine verzweifelte Verbitterung. Als Frau Dr. Hahn endlich mit einer Packung des Heilmittels erschien, war sein Gesicht grau und starr, nur in seiner Wange zuckte es. Reglos sah er zu, wie sie die Injektion vorbereitete. Als die Nadel in den totenähnlichen Körper eindrang, hätte er schwören mögen, daß das Ende bereits gekommen war. Zorn und Verzweiflung übermannten ihn vollends. Bis ins tiefste getroffen, konnte er den Anblick nicht länger ertragen. Er wandte sich um und stürzte aus dem Zimmer.

Ohne um sich zu blicken, verließ er das Haus und schritt bloßen Hauptes und mit geballten Fäusten ins freie Land hinaus, blind für alle, die ihm begegneten. Er wanderte kilometerweit dahin, durch Hecken und Gräben, bespritzte sich mit Schlamm, zerriß seinen Anzug im Dornengestrüpp. Es war sehr spät, als er nach Hause kam.

Völlig erschöpft suchte er sein Schlafzimmer auf und warf sich aufs Bett. Er schlief auf der Stelle ein, so tief, als sei er betäubt worden.

Als er am nächsten Morgen erwachte, war es neun vorbei. Das Mädchen, das ihm den Tee brachte, streifte ihn mit einem furchtsamen Blick. Sie teilte ihm mit, daß Elizabeth schon zweimal angerufen habe. Nun ja, sie wünschte wohl, daß er die Vorbereitungen für das Begräbnis treffe. Danach aber wollte er — seine Lippen zogen sich zu einem Strich zusammen — ein Wort mit Frau Dr. Hahn reden.

Er stand auf, zog sich mit der gewohnten Sorgfalt an und verließ das Haus. Als er die Stufen vor dem Eingang hinabschritt, sah er seine Tochter die Straße heraufeilen. Sie lief strahlend auf ihn zu.

»Vater«, rief sie. »Mary geht es besser!«
Er forschte verstört in ihren Zügen nach einem Anzeichen, daß sie den Verstand verloren habe.
»Ja!« Elizabeth bestätigte die Nachricht mit einem freudigen Kopfnicken. »Sie ist bei Bewußtsein. Und ihr Fieber ist um vier Grad gefallen.«
»Was!« rief er mechanisch.
»Ja, Vater, es stimmt. Frau Dr. Hahn sagt, sie sei außer Gefahr.«
Wortlos begleitete er sie die Straße hinunter. Er glaubte ihr nicht. Das Kind war im Sterben gelegen, als er es verließ. Keine Macht der Welt konnte es gerettet haben.
Schwer atmend betrat er das Kinderzimmer. Auf der Schwelle blieb er wie erstarrt stehen. Kraftlos, aber bei vollem Bewußtsein, trank Mary eben einen Schluck Bouillon, die die Oberin an ihre Lippen hielt. Mit einer Hand umklammerte sie ihre Lieblingspuppe. Die andere streckte sie im Erkennen schwach nach ihm aus. Ein Schluchzen brach aus Dr. Squirnes hervor. Etwas in ihm stürzte ein, als fiele die ganze Struktur seiner Persönlichkeit, ja das Fundament seiner Seele in Trümmer. Er hob die Hand an die Stirn. Benommen kniete er am Lager des Kindes nieder, ohne der Tränen zu achten, die seinen Augen entströmten.

Die folgenden Tage und Wochen waren für Frederick Bamford Squirnes recht ungewöhnlich. Nach außenhin unbewegt, ging er seiner Arbeit nach, ohne das Aufsehen zur Kenntnis zu nehmen, das dieser Fall in Dymchester hervorgerufen hatte. Doch ihm selbst war wie einem zumute, der im Traum lebt. Mary war mit ihrer Mutter nach Devon auf einen langen Erholungsurlaub gefahren. Er fühlte sich sehr einsam, und in dieser Einsamkeit wurde er immer wieder von dem überwältigenden Wunsch befallen, Frau Dr. Hahn aufzusuchen. Doch er widerstand ihm. Als er jedoch eines Januarmorgens zu seiner Visitenrunde fuhr, bemerkte Banks mit gedämpfter Stimme: »Hab' gehört, daß Frau Dr. Hahn uns verläßt, Sir.«

Squirnes' Herz begann plötzlich heftig zu zucken. Er beugte sich vor. »Warum?«

»Weiß nicht, Sir.« Banks fügte nach einer Pause nüchtern hinzu: »Aber es tut uns allen mächtig leid.«

Nun konnte er sich nicht mehr zurückhalten. Noch am selben Tag schritt Dr. Squirnes bei Anbruch der Abenddämmerung zum Häuschen in der Hauptstraße, das Frieda Hahn bewohnte. Sie saß schreibend an ihrem Tisch, als er das kleine, mit Büchern tapezierte Wohnzimmer betrat, und ihr Erstaunen bewirkte, daß er schmerzlich errötete.

»Ich sollte schon längst gekommen sein«, sagte er leise, »um Ihnen meinen tiefen und herzlichen Dank auszusprechen.«

»Ach!« Sie lächelte schwach. »Ein Anstandsbesuch!«

Seine Röte vertiefte sich, schwand aber jäh. Er setzte bleich, aber entschlossen fort: »Ich bin aus einem anderen Grund gekommen. Ich bin gekommen, um Sie zu bitten, Dymchester nicht zu verlassen.«

»Nicht doch! Waren nicht Sie es, der auf meine Abreise drängte?«

»Um so mehr Grund, Sie jetzt um Ihr Bleiben zu bitten.«

Ihr Erstaunen war unverkennbar. Er sprach schnell und nervös weiter: »Sie werden hier gebraucht. Vielleicht bedeutet es einen Anreiz für Sie ... mit mir zusammenzuarbeiten ... Ich bin hergekommen, um Sie zu bitten, mein Partner zu werden.«

»Ach! Sie sind der Meinung, es wäre vorteilhaft, die Praxen zusammenzulegen.« Sie konnte nicht umhin, ihre Brauen ironisch zu heben. »Aber sagten Sie nicht, es gäbe nur eine einzige Praxis in Dymchester?«

Er enthielt sich einer Antwort. Als sie sein Gesicht aus der Nähe musterte, sah sie, wie sehr verändert, wie verfallen es war, wie viele Fältchen sich um seine Augen gebildet hatten.

»Tut mir leid.« Sie stand impulsiv auf. »Ihr Angebot ist freundlich und großzügig. Aber ich kann es nicht annehmen. Ich kehre nach Österreich zurück — ich muß es —, um in einer Kinderklinik zu arbeiten, die in Wien eröffnet wird.«

»Aber Sie werden doch zurückkehren?«

Sie schüttelte den Kopf. »Meine Arbeitsstätte ist dort.«

Lange Pause.

»Nun ja«, sagte er seufzend. »Dann will ich Ihnen Lebewohl sagen. Und nochmals: vielen Dank.«

»Warten Sie!« Sie hielt ihn zurück, ergriff seinen

Arm. »Sie haben wohl recht. Sie könnten einen jungen Partner brauchen ... jemand, dessen neue Ideen sich gut mit Ihrem verdienten Ansehen vereinen lassen. Ich könnte Ihnen einen solchen Menschen schicken, einen jungen Arzt, einen geschickten Burschen, aber halb verhungert, im ersten Stadium der Tuberkulose. Er war vier Jahre lang in einem Konzentrationslager, wir brachten ihn gerade noch heraus, mehr tot als lebend.« Sie machte eine Pause, blickte ihm direkt ins Gesicht. »Aber ... Sie werden ihn nicht haben wollen ... er ist Pole.«

Er hielt ihrem Blick stand. Er lächelte.

»Sie haben mich vieles gelehrt. Zum Beispiel: wie wenig ich von Medizin verstehe. Aber vor allem, wie wenig ich von den Menschen weiß. Wann können Sie ihn mir schicken?«

Dr. Squirnes ist jetzt nicht mehr der einzige Arzt in Dymchester. Er hat einen Partner — einen hageren, dunkeläugigen jungen Polen mit einem unaussprechlichen Namen, der sämtliche ärztlichen Fachblätter liest und dessen Husten sich in der guten Wessexer Luft rasch bessert.

Manche Leute wundern sich, warum sich der alte Doktor einen so sonderbaren Teilhaber ausgesucht hat. Sie finden, er habe sich geändert — sein Stolz sei Schrullenhaftigkeit gewichen. Aber ganz gewandelt hat er sich doch nicht, Gott sei Dank. Bisweilen schimpft er seine Patienten noch immer gehörig aus, und das eine und andere Mal auch seinen jungen Kollegen. Doch sein Verhalten ist von einer neuen Toleranz geprägt, von einer Milde und Anteilnahme, die er vorher nicht kannte. Er benützt seinen schönen Rolls Royce weitaus weniger, ja er spricht davon, sich ein Fahrrad zu kaufen. Jeden Sonntag schreibt er, statt das Nachmittagsschläfchen zu halten, seinen wöchentlichen Brief nach Wien. Dann geht er aus, gebückter als zuvor, aber vor sich hin lächelnd, um bei Mary und Elizabeth Tee zu trinken.

Man sagt, er sei »nicht mehr der alte«. Die Leute haben bei weitem nicht mehr die einstige Scheu vor ihm. Aber — was noch nie da war — sie beginnen ihn zu lieben.

Traumkinder

Sie saß auf dem Rasen unter der Blutbuche, in das Spiel mit ihren Kindern vertieft. Sie trug eine weiße — recht zerknitterte — Schürze und ein Band, das ihr braunes Haar straff aus der Stirn hielt. Ihre Beine waren bloß und endeten in einem Paar fleckiger Strandschuhe. Sie war noch nicht sieben. Und die Kinder waren natürlich ihre Puppen.

Als ich die Biegung der Auffahrt erreichte, blieb ich stehen, um ihr zuzusehen, wie sie Sams Teint — bestimmt war es Sam, der Scheußliche, mit der zweimal angeklebten Nase — zärtlich mit einem winzigen rosa Sonnenschirm vor dem grellen Licht schützte. Ich konnte nicht anders — ich mußte über ihren Ernst, ihre Besorgtheit lächeln. Und obwohl ich mich eigentlich um den Hexenschuß der Köchin hätte annehmen sollen und noch ein halbes Dutzend Visiten vor meiner Abendsprechstunde lagen, mußte ich zwischen die Ritterspornbeete treten, um ein bißchen mit ihr zu plaudern.

»Guten Tag, Gnädigste. Wie steht es, wenn ich fragen darf, heute mit dem Befinden der werten Familie?«

Sie blickte zu mir auf, ein kleines Mädchen mit einer guten Witterung für die unselige Gewohnheit der Erwachsenen, Kinder zu »necken«, und das Sonnenlicht fiel in ihre großen schwarzen Augen. Dann lächelte sie: es war ein Lächeln, das von den Augen ausging, so langsam und ernsthaft, das es nachdenklich wirkte bis zu dem Moment, da sich Grübchen in den Wangen zeigten.

»Master Sam«, sagte sie sinnend, »ich muß schon sagen, der macht mir große Sorgen. Er will nicht recht gedeihen.« Sie faßte Sam voll Mitleid und Teilnahme in die Augen, als müßte sie sich immer wieder von neuem über seine Konstitution wundern. »Er ist ein ungewöhnlich zartes Geschöpf.«

Diese Bemerkung, obgleich dem Kindermädchen abgelauscht, war freilich zutreffend. Die Puppen waren überhaupt eine traurige und übel zugerichtete Gesellschaft. Die eine hatte einen Arm verloren, die andere ein Ohr, die dritte konnte beide Beine nicht bewegen, von Sam — Sam mit der zweimal angeklebten Nase — ganz zu schweigen. Den Blick auf sie und die Puppen geheftet, sagte ich:

»Und wo, Gnädigste, ist das reizende neue Baby, das ein gewisser Kitz Ihnen netterweise zu Weihnachten schenkte? Es hatte ein hübsches Kleidchen, das am Rücken zu knöpfen war. Auf seinem Unterrock waren Spitzen — echte, sehr teure Spitzen —, und es konnte schlafen, wenn man es niederlegte.«

Sie überlegte, während die Sonnenstrahlen durch die Blätter der Blutbuche schlüpften und auf ihrem Haar tanzten. Dann sagte sie:

»Tut mir leid, Kitz. Charlotte wollte es durchaus haben. Und mir liegen sowieso die Geschlagenen mehr am Herzen.«

Meine Lippen kräuselten sich. Aber sie kam mir zuvor.

»Lach nicht, bitte. Ich mein' es wirklich ernst, Kitz.«

Es fiel mir nicht leicht. Ihre großen runden Augen waren so feierlich auf mich gerichtet — feierlich wie die Augen einer kleinen braunen Eule. Genauso feierlich wie an jenem Tag vor einem Jahr, da ich zum erstenmal zu ihr gerufen wurde. Sie hatte die Masern. Und ich, ein frischgebackener junger Arzt, nervös und darauf erpicht, Eindruck zu schinden, mußte wohl meine Untersuchung gründlich übertrieben haben, denn sie erklärte in ernstem Ton: »Du kitzelst so sehr, daß ich dich Kitz nennen werde.« Um meine Gelehrtenmiene war's natürlich geschehen. Ich mußte lachen. Genauso, wie ich jetzt lachte.

»Du bist eine komische kleine Person, Susan.«

»Wirklich?«

Ich fingerte in meiner Westentasche herum. Die sogenannten »Sportgummis« waren zur Zeit sehr begehrt — hygienisch verpackte, einwandfreie Lutschbonbons.

Susan streckte mir mit ihrem ernsthaften halben Lächeln eine schmierige kleine Hand entgegen.

»Danke, Kitz.« Sie legte das Bonbon in ihren Schoß und bewunderte es mit schiefgeneigtem Kopf. »Himbeergeschmack mag ich«, sagte sie vor sich hin.

Ein Knirschen auf dem Kiesweg schreckte uns

auf, und Charlotte hüpfte auf uns zu, gefolgt von der Kinderfrau. Charlotte war wie ein Pony, ein gesundes kleines Pony, rundlich und fest, genau ein Jahr älter als ihre Schwester Susan; sie sprang zu uns herüber, ihre gelben Ringellocken flogen um die vollen roten Wangen. Bei uns angelangt, gab sie, eine vollendete kleine Schauspielerin, einen Ton des Schauderns von sich und blickte mich Zustimmung heischend an.
»Ach, Susans Puppen! Sind sie nicht garstige, abscheuliche Dinger?«
Susan errötete.
Charlotte kicherte gutmütig und machte einen Hopser. Dann erspähten ihre strahlend blauen Augen das Bonbon auf Susans Schoß.
»Oh«, kreischte sie, stürzte sich lachend darauf und steckte es in den roten Mund. Dann rief sie: »Darf ich es haben, Susan? Wirklich? Du magst es ja doch nicht, sonst hättest du's schon gegessen. Un nächste Woche hab' ich Geburtstag, du weißt doch. Die große Geburtstagsparty —«
Einen Augenblick sah es aus, als wollte Susan zu weinen beginnen. Aber dann tat sie es doch nicht. Sie schluckte die Tränen hinunter und lächelte ihr schattenhaftes Lächeln.
»Ja«, sagte sie, »die Party.«
Die Kinderfrau erzeugte mit ihren Lippen einen schnalzenden Ton der Mißbilligung und watschelte auf uns zu. Schöne Sachen hörte man da — Bonbons und weiß Gott noch was! Aber was konnte man schon anderes von einem unerfahrenen jungen Mann erwarten, auf dessen Ärztediplom die Tinte noch nicht trocken war?

Eine Schande war das, wahrhaftig! Sie würde schon dafür sorgen, daß dieser Unfug abgestellt wurde, abwarten!

»Kommen Sie jetzt, Miss Susan. Sie werden sich noch den Tod holen, bei diesem feuchten Gras.« Ein strafender Seitenblick auf mich. »Mrs. Williams wartet schon seit einer guten halben Stunde auf den Doktor, und dabei leidet die Arme fürchterliche Schmerzen. Kommen Sie jetzt, es ist Zeit für die Abendmilch.«

Dieses letzte Wort hatte einen schalen Beigeschmack, es verdarb das Ende des Tages. Aber Susan erhob keine Einwände. Sie stand auf, sammelte ihre schimpfliche Nachkommenschaft ein und drückte sie sorgsam an sich. Charlotte hüpfte mit der Kinderfrau voran, ein fröhliches Liedchen trällernd. Susan trottete allein über den Rasen hinterdrein.

Natürlich ging ich zu Charlottes Geburtstagsparty. Jedermann ging hin. Es war eine herrliche Party, geradezu einzigartig; eine Party mit einem Zauberer und echten Kaninchen, mit farbigem Eis — zwei Sorten, Erdbeer und Vanille — und einer überaus prächtigen Torte mit acht Kerzen, die richtig brannten und deren Wachs wunderschön auf die rosa Glasur niedertropfte.

Harry Sinclayne, Susans und Charlottes Vater, war Witwer; seine Frau Ellen war bei Susans Geburt gestorben. Der große, starke und vollblütige Mann war Börsenmakler in Bristol. Sein schönes Haus in Clifton hielt er in impulsiver

Großzügigkeit — sowohl des Geldes wie des Herzens — seinen Freunden offen. Alle waren seine Freunde, denn er hatte, wie er in seiner flotten Art betonte, keinen einzigen Feind auf der ganzen Welt. Und was die Kinder betraf: Harry hätte, fröhlich und lärmend, sein ganzes Geld auf einen Schlag für sie hergegeben oder wäre für sie kopfgestanden. Charlotte war unzweifelhaft sein Liebling. Obwohl er es zornig abgeleugnet hätte, hatte er im Unterbewußtsein Susan die Katastrophe nie verziehen, die mit ihrer Geburt verknüpft war. Aber Charlotte — oh, Charlotte war in Ordnung. »Das Mädel ist wie ich«, grinste er selbstgefällig. »Aus demselben Holz geschnitzt wie wie der Vater.«f

Und nun hatte er in einem Augenblick, da sein Geschäft lebhaft florierte, mit der Faust auf den Tisch geknallt — so daß Charlotte aufquietschte — und erklärt, er werde ihre Geburtstagsparty zum Fest aller Feste machen. Man werde schon sehen! So waren Stapel kleiner weißer Stühle eingetroffen, sowie ein geschäftiger Mann und haufenweise köstliche Dinge. Und Mrs. Williams, von ihrem Krankenlager auferstanden, hatte einen Wortwechsel mit dem geschäftigen Mann und schwor bei ihrem Seelenheil, sie werde sich trotz alledem — jetzt war es soweit! Die Knallbonbons krachten, die Löffel klirrten in den Eistellern, alle plauderten, lachten, drängelten. Aus einem Winkel heraus starrte Susan über einen zitternden Flammeriberg hinweg Dicky an. Es war sein erstes Erscheinen in der Öffentlichkeit. Seine Familie war erst kürzlich in die Stadt

gezogen, und Dicky mit ihr. Er zählte acht Jahre und strahlte den ganzen Reiz der Neuheit aus. Er trug einen blauen Matrosenanzug mit bauschiger Schleife, von jener stilgerechten, gespreizten Art, die schwärmerische Mütter lieben und Kinder hassen. Ja die unten weiter werdenden Hosenbeine schufen ihm regelrechtes Unbehagen. Dennoch bedeuteten die Fangschnur und die Pfeife, die er trug, eine gewisse Kompensation. Besonders auf die Pfeife war Dicky stolz.
»Sie ist gräßlich laut«, versicherte er Susan. »Eine richtige Erbse ist drin. Aber Tally sagt, ich darf nicht auf ihr blasen, von wegen schrill. Sie hat Nerven. Aber ich könnte dich's probieren lassen, später einmal«, fügte er vorsichtig hinzu. Pause. Dann fragte er: »Kannst du lange Zahlen dividieren?«
Die weit aufgerissenen Augen ernsthaft auf ihn geheftet, schüttelte Susan den Kopf.
»Es ist ganz leicht.« Er grinste ihr ermunternd zu und schickte sich zu weiteren Darbietungen an. »Schau her!« Er krempelte ohne Scheu ein Hosenbein hoch und rollte die Socke herunter. »Ich hab' einen Fußtritt auf mein Schienbein bekommen. Scheußlich, was? Jetzt wird's grün und dann gelb. Könnte leicht eine Gangiräne draus werden.«
Susan schreckte nicht vor dem Anblick zurück. Nein, ihre Augen weiteten sich, ihre Stirn kräuselte sich in überirdischem Mitleid. Sie hielt ihn allem Anschein nach für einen sehr netten Jungen und war bereit, verständnisvoll auf seine Leidensgeschichte einzugehen. Aber gerade in

diesem Augenblick sprang Charlotte auf sie zu, einen Kometenschweif kleiner Mädchen nach sich ziehend. Rosig, lachend und erhitzt, kam sie sich äußerst wichtig vor, da doch alle darauf erpicht waren, mit ihr gut Freund zu sein. Sie hielt atemlos inne — durch das Herumalbern hatte sie offensichtlich den kürzeren gezogen. Dann kicherte sie.

»Susan hat die scheußlichsten Puppen, die es gibt.« Alle lachten selig — bis auf Susan, die rot wurde, und Dicky, der linkisch mit dem entblößten Bein dastand. »Ja, wirklich. Frag sie doch selbst, wenn du mir nicht glaubst. Und sie liebt sie. Ja, wirklich.« Die kleinen Mädchen starrten sie alle ungläubig an, und eines am Rande der Gruppe wagte von neuem zu kichern.

Susan wäre am liebsten davongelaufen, man sah es ihr an.

»Aber das macht nichts«, sagte Charlotte herablassend. »Wir werden jetzt ›Duke of York‹ spielen.« Auf einem Fuße hüpfend, blickte sie Dicky kokett an. »Dich wähl' ich aus.«

Doch in diesem Augenblick wurde die Tür aufgerissen, und Sinclayne stürmte in seiner üblichen lärmenden Art ins Zimmer.

»Wo ist meine kleine Charlotte Russe?« rief er. »Hab' sie den ganzen Tag nicht zu Gesicht bekommen!« Ohne auf ihre Würde als Gastgeberin zu achten, kitzelte er sie, bis sie quietschte, und schwang sie dann auf seine Schulter.

»Nicht, Vater, nicht! Wir wollen ›Duke of York‹ spielen!« Sie strampelte heftig.

»Na, und kannst du das nicht mit mir spielen?«

»Nein, setz mich ab, Vater«, schrie sie. »Dich hab' ich nicht ausgewählt. Ich hab' Dicky gewählt.«

Charlotte und Susan gingen in die Schule — nicht in den kleinen Kinderhort unten bei der Auffahrt, der nur eine Schule zu sein vorgab; sie wuchsen heran, waren nun dreizehn und vierzehn Jahre alt. Richtig alt, wie Susan sagte. Nein, sie besuchten eine richtige Schule, eine erstklassige Schule, wie Sinclayne mir gegenüber hervorhob, wohl um den Schmerz des Abschieds zu betäuben. Sie lag in Brighton. In einem gesunden Klima, betonte er, das geeignet war, Charlotte zu kräftigen; als hätte Charlotte dies nötig gehabt.
»Zum Teufel, weiß nicht, wie ich's ohne sie aushalten soll«, brummte er bei unserem abendlichen Billardspiel. Melancholisch kreidete er sein Queue. Die Marktlage war seit einiger Zeit etwas zurückgegangen. »Das Haus ist ohne meine Charlotte Russe wie ein Friedhof.«
Ich sah ihm zu, wie er den nächsten Schlag verfehlte.
»Susan ist auch noch da«, wagte ich mich vor. »Die vermissen Sie doch hoffentlich ebenso.«
»He?« Er hob den Kopf, der vom Bücken unnatürlich gerötet war; eine schlimme, ungute Farbe, mußte ich feststellen.
»In Susan steckt eine Menge, wissen Sie. Sie ist so ruhig, daß man es kaum bemerkt. Aber es ist da.«
Er knurrte.

»Susan ist in Ordnung. Aber stumm wie ein Fisch. Sie ... na ja, sie *füllt* nicht den Platz aus wie Charlotte.« Er sagte das wohl zwanzigmal im Laufe des ersten langen Semesters.

Aber es gab natürlich auch Ferien, und Charlotte kehrte von Zeit zu Zeit ins Haus zurück, erstaunlich gewachsen und selbstsicher, die Ringellöckchen von einer schön gebundenen Schleife zurückgehalten; ihre Brauen zeigten zwar die Neigung, sich in kritischer Überheblichkeit hochzuziehen, aber sie erfreute ihres Vaters Herz durch ihr Geplauder über die Schule und die Lehrer und durch ihre bewundernswerte Geschicklichkeit im Hockeyspiel.

Auch Susan kam. Und jedesmal war's, als läge ein neuer Glanz auf ihr. Sie war nicht viel gewachsen; sie war noch immer, nach Mrs. Williams' Worten, eine halbe Portion, aber welche Persönlichkeit steckte in dem kleinen Ding! Und wie lieblich sie war! Sie glich einer Knospe; manchmal verschlug es mir den Atem, wenn ich sie ansah.

Dann kam ein großer Tag. Gestern noch waren die verbeulten Puppen in einem Verschlag auf dem Dachboden verstaut worden — und heute! Ja, es war großartig, sie, auf Nimmerwiedersehen aus der Schule entlassen, wieder zu Hause zu sehen, mit aufgestecktem Haar, längeren Röcken, nicht mehr lispelnd, die warmen, sanften Augen voll belustigtem Lächeln auf meinem verwirrten Gesicht verweilend.

»Starr mich nicht so an, Kitz, sonst werde ich rot und verliere meine Haarnadeln.«

Ich lachte verlegen; die verhaltene Schönheit dieser dunklen und tiefen Augen, die so glücklich und heiter lächelten, machte mich unnatürlich befangen.

»Sie wird rot«, schaltete sich Charlotte mit ihrem hellen Gelächter ein, »weil sie weiß, daß es ihr steht. Wundervoll angetan und hold errötend trippelte unsere Susan geziert die Treppe herab.«

»Ach, hör auf, Charlotte«, schnitt ihr Dicky das Wort ab, »wir spielen jetzt doch nicht Cricket. Susan will doch nicht . . .«

Dicky war, nach alter Gewohnheit, »auf einen Löffel Tee« vorbeigekommen — doch wurden drei volle Tassen aus dem Löffel. Verschwunden waren Matrosenanzug, Masche, Fangschnur und Pfeife — verschwunden in der Versenkung für Dinge, die man gern vergißt. Natürlich war auch seine Verletzung verschwunden, sie hatte die schauerliche Vorahnung eines kommenden Unheils nicht erfüllt. Dicky war nun ein selbstbewußter und würdevoller junger Mann; er studierte Medizin in Bristol. Es sah Dicky ähnlich, daß er sich für ein Studium in der Heimatstadt entschieden hatte. Seine Familie besaß genug Geld, er hätte leicht nach Cambridge oder London gehen können. Aber in Dickys Natur lag eine gewisse solide Einfachheit, und er stand gewissenhaft zu seinen eigenen selbstgewählten Göttern. Ich hatte in der letzten Zeit Dicky im Auge behalten und mochte ihn. Er war ein strammer Junge, der hart arbeitete, Bewundernswertes in sportlichen Spielen leistete, aber nicht zuviel, und bei seinen Studienkollegen im Ruf stand, ein verläßlicher Bursche zu sein. Die vergangenen — und rasch vergangenen — fünf Jahre hatten mich in das Ärzteteam des Hospitals versetzt, und Dicky absolvierte jetzt ein Praktikum von sechs Monaten in meiner Klinik. Ich verschonte ihn nicht mit Arbeit, doch kein einziges Mal verlor er die Nerven oder den Eifer. Dieser Eifer war ein Kennzeichen seines Charakters: er befleißigte sich, voranzukommen, anerkannt zu werden, sich durchzusetzen. Er hatte ein beneidenswertes Selbstvertrauen — eine nützliche Eigenschaft, die bei jemand Ungefährlicherem als Dicky leicht in Selbstgefälligkeit hätte umschlagen können.

»Und nun, da ihr beide wieder zu Hause und so lächerlich erwachsen seid«, sagte ich, »was soll jetzt mit euch geschehen?«

Charlotte häufte noch eine Portion Sahne auf ihren Teller und ließ ihre blauen Augen spöttisch auf Dicky weilen.

»Ich werde mich«, erklärte sie, »in bester romantischer Tradition nach einem vielversprechenden jungen Mann umsehen.«

Dicky lachte einfältig.

»Und du, Susan?« fragte ich. »Willst du — welch düsteres Zukunftsbild — dasselbe tun?«

»Du vergißt, Kitz«, erwiderte sie, »daß ich eine moderne junge Frau bin. Ich werde nicht dasitzen, Daumen drehen und warten, bis einer um mich freit. Nein, nein, ich will einen Beruf ergreifen.«

»Welchen?«

»Was soll mich daran hindern, mit einer kleinen schwarzen Tasche herumzugehen, so wie du?«
»Was — du willst Medizin studieren?«
»Warum nicht? Heutzutage stehen alle modernen jungen Frauen auf eigenen Beinen.«
Ich starrte sie an. Obwohl es in meiner Klinik ein halbes Dutzend Studentinnen gab, hätte ich mir Susan nie als eine von ihnen vorstellen können. Sie meinte es wohl nicht ernst.
Aber im Laufe des nächsten Monats trat eine Wendung ein, die Susans Antwort einen tiefernsten Sinn verlieh.

An einem glühendheißen Augusttag fand man Harry Sinclayne tot in seinem Büro auf. Er saß in Hemdsärmeln an seinem Schreibtisch, sein Kopf war über einen Vertragsentwurf auf der Löschunterlage gesunken. Herzschlag. Ich wußte, daß sein Herz schwach gewesen war: Myokardschaden. Ich hatte ihn wiederholt gewarnt, aber das schlug er natürlich in den Wind. »Man lebt nur einmal, zum Teufel, Mensch! Wozu dann das Ganze?« Ich wußte auch, daß er geschäftliche Sorgen gehabt hatte, daß er seit Monaten über die Marktlage, über sein Pech, über sich selbst zeterte, wenn er nach Hause kam.
Harrys Tod war in mehr als einer Hinsicht ein trauriges Ereignis. Denn seine Papiere waren in einem verhängnisvollen Durcheinander. Er hatte bei fallenden Kursen schwer eingekauft, dann seine Taktik geändert, alles unbekümmert abgestoßen, bis ihn die Hausse überrumpelte. Und ein

Verschwender war er auch noch gewesen. Als das Chaos gelichtet war, blieben Charlotte und Susan je achthundert Pfund, nicht mehr.
Sechs Wochen nach dem Begräbnis hatte ich mit Susan ein Gespräch. Sie hatte den Tod des Vaters noch immer nicht verwunden.
»Nun werde ich schließlich doch Medizin studieren«, sagte sie ruhig. »Ich bin endgültig dazu entschlossen. Ich möchte gern die Gewißheit haben, meinen Lebensunterhalt allein bestreiten zu können. Charlotte will sich noch ein bißchen umsehen. Sie geht zu Freunden nach Brighton, um sich zu erholen. Ihr gefällt's dort. Dann wollen wir in einer Mietwohnung leben, weiß du. Das Haus müssen wir aufgeben.« Sie wandte den Kopf ab, blickte über den Rasen, um mir nicht zu zeigen, daß sie weinte.

Fünf Jahre Medizinstudium stellen weniger hohe Anforderungen an einen jungen Menschen, als man im allgemeinen annimmt. Es gibt ja doch eine Menge Spaß inmitten der Trübseligkeit der Krankensäle; es gibt Augenblicke, da Schallplatten aufgelegt werden und in Nebenräumen unerwartet Teetassen auftauchen. Zudem: der Anblick des hilf- und schutzlosen Menschen ruft öfter Mitleid als Abneigung hervor. In diesen kurzen Jahren lernte Susan weit mehr als bloß die Terminologie der Leiden. Sie gewann ihr Lächeln wieder und verlor es nicht mehr. Überdies zeigte sich bald, wie sehr sie für diese Arbeit geschaffen war. Sie hatte ruhige, sichere Hände,

eine zurückhaltende Zunge und jenes stille Verstehen, das kostbarer ist denn pures Gold. Gegen Ende ihrer Studienzeit sah ich, daß sie Erfolg haben würde.
Eines Apriltags kurz vor Mittag begegnete ich Dicky auf der Hauptstraße. Ich hielt ihn an.
»Was hast du denn zu dieser Tageszeit hier verloren?«
Er steckte die Hände in die Hosentaschen und sah ungemein glücklich und selbstzufrieden aus.
»Hab' in der Stadt was zu besorgen.«
»Zu besorgen?«
»Ja.« Seine Miene wurde noch strahlender. »Einen Ring.«
»Einen Ring?« Ich musterte ihn von Kopf bis Fuß.
»Ja, du hast recht gehört.« Sein jungenhaftes Grinsen verschwand endlich. »Einen Ring für Susan.«
»Für Susan!«
»Jawohl! Hast du denn noch nicht gesehen, wie hoffnungslos verknallt wir ineinander sind? Schon seit Monaten?«
Nein, ich hatte es nicht gesehen. Vielleicht hatte ich Dicky nicht einer solchen Einsicht, einer solchen Menschenkenntnis für fähig gehalten. Denn ich hatte stets Charlotte an seiner Seite gesehen, dekorativ, höchst elegant und sichtlich für ihn eingenommen.
Aber nun waren sie, Dicky und Susan, Hals über Kopf ineinander verliebt. Und Susans ganze Arbeit, alle ihre Fähigkeiten waren wahrscheinlich für nichts und wieder nichts aufgeboten worden.

Eine himmelschreiende Schande, sagte ich oft zu ihnen. Denn sie wollten natürlich nicht warten. Dicky hatte im vergangenen Herbst promoviert und diente nun bei einem der namhaftesten Ärzte des Landes sein Assistentenjahr ab, in Wellgate, einem Ort, wo das Leben gemächlich und gemütlich dahinplätscherte. Und Dicky würde am Ende dieser Probezeit zum Partner ernannt werden — und Susan heiraten.

Jeden Sonntag fuhr er von Wellgate in seinem neuen Zweisitzer herüber, um sie zu sehen. Es war ein hochgebautes und recht klappriges Auto, das Charlotte auf den ersten Blick »Hutschachtel« taufte, aber an den Sonntagen funkelte es wie ein Schlachtschiff bei der Flottenparade. Und Dickys Gesicht leuchtete noch mehr als der Wagen. Durch Susans Schönheit aus seiner Selbstzufriedenheit aufgerüttelt, erwies er sich als glühender Liebhaber. Vor ihrer Wohnung pflegte er auf seiner Hupe eine kleine Melodie zu intonieren: »Komm, Liebchen, komm und spiel mit mir«, und sie sprang die Treppe herunter und riß die Tür auf, bevor noch der letzte Ton in der Morgenstille verklungen war. Sie fuhren gewöhnlich in der Hutschachtel aufs Land und hielten im Freien Picknick. Sie lagen in der Sonne, jagten einander zwischen Bäumen, flochten Ketten aus Gänseblümchen, pflückten Sträuße aus rosa Klee, ergingen sich in wilden Diskussionen über dies und jenes — wie man am wohlerzogensten reife Pfirsiche zu essen habe und wie viele Kilometer wohl ein Zitronenfalter täglich im Flug zurücklege. Sie waren geradezu absurd

glücklich. Diesen ganzen herrlichen Sommer lang waren sie das seligste Paar auf Erden.
Wie leicht hätte es dazu kommen können, daß die beiden Charlottes Existenz vergaßen! Aber Susan sorgte dafür, daß sie sie nicht vergaßen. Mehr als einmal wurde Charlotte einfach mit Gewalt in die Hutschachtel gezerrt. Mehr als einmal kaute sie Brötchen an ihrer Seite, lag unter Bäumen und beteiligte sich schläfrig an ihren Streitfragen über Schmetterlinge und reife Pfirsiche. Keinen Augenblick kam sie auf die Idee, sich unerwünscht zu fühlen oder als Außenseiter. Zum Trotzen wurde ihr nicht der geringste Anlaß gegeben. Dicky behandelte sie weiterhin voll herzlicher Kameradschaft. »Wir sind dick befreundet, was, Charlotte?« Und als Bekräftigung dieser Worte ließ er eine Eichel in ihren Rückenausschnitt gleiten.
So ging es bis zum Herbst, und Susan stand vor ihrer Abschlußprüfung. Dicky gab unverblümt seinem Wunsch Ausdruck, sie möge durchfallen. »Was für einen Sinn hätte es, zu bestehen«, neckte er sie, »wenn du mich doch sowieso heiratest?«
Aber Susan lächelte. Sie würde nicht durchfallen. Mochte sie auch künftig unter seinem Schutz stehen, wollte sie doch instinktiv ihre Ausbildung abschließen — es war etwas Geordnetes, Vollendetes. Sie trat zur Prüfung an.
Ihre Noten waren hervorragend. Das wußte ich von Anfang an, denn man hatte mich, völlig grundlos, bei der letzten Sitzung zum Prüfer in allgemeiner Medizin ernannt. Auch im Klinischen

bewährte sie sich. Sie verstand ihre Arbeit aus dem Effeff, und alle im Krankenhaus hatten sie gern. Noch bevor sie zur Station hinaufging, um ihre Schlußprüfung in Chirurgie abzulegen, wußte ich, daß sie Erfolg haben würde.

Es war an einem Samstag, einem jener ruhigen Herbsttage, in denen schon ein Hauch von Frost liegt; die Bäume standen ganz still, als fürchteten sie, die leiseste Luftbewegung könnte sie ihrer ausgetrockneten Blätter entledigen. Ich war nach beendeter Krankenhausarbeit nach Hause gekommen, befand mich aber, wohl wegen der Stille dieses Tages, in einem Zustand nervöser Spannung.

Während ich geistesabwesend im Zimmer auf und ab schritt, bald dies, bald jenes berührte, ließ mich ein Geräusch aufblicken: Charlotte lief die Auffahrt herauf. Ihre Hast machte mich betroffen; Charlotte war doch sonst so ausgewogen, so ruhig — jetzt glich sie einer Verzweifelten. Sie lief durch das offenstehende französische Fenster ins Zimmer, ihr Gesicht war schreckverzerrt.

»Susan ...«, rief sie. »Susan ...« Nach Atem ringend preßte sie die Hand an ihre Seite; sie brachte kein weiteres Wort hervor.

Ich stürzte auf sie zu.

»Was ist los? Charlotte, was ist geschehen?«

»Ein Anruf«, stieß sie hervor. »Ein Anruf aus dem Krankenhaus.«

Dann brach sie zusammen, ließ sich weinend auf

das Sofa fallen. Mehr war aus ihr nicht herauszubekommen. Aber ich erfaßte mit stockendem Herzschlag, daß Susan etwas Ernstes zugestoßen sein mußte. Ich stieg sofort ins Auto und fuhr zum Krankenhaus. Im Vestibül lief ich der Oberin über den Weg. Die sonst so gefaßte Frau war stark und schmerzlich erregt.

Sie sagte schnell: »Auf der Chirurgischen hat es einen Unfall gegeben.« Dann brach sie ab, preßte die Hände aneinander. »Sie wird davonkommen, glaube ich, hoffe ich — aber o Gott, es ist entsetzlich — entsetzlich.«

Ich starrte sie wie versteinert an. Ich wußte, sie sprach von Susan.

»Sie verband kniend einen Knöchel, oder was weiß ich«, fuhr die Oberin leise schaudernd fort. »Eine der Schwesternschülerinnen glitt aus und stieß an den Rolltisch. Sie trug etwas in der Hand, wissen Sie. Ein Fehltritt — nichts als ein kleiner Fehltritt. Sie stolperte und warf ein Reagenzglas um. Es fiel — es fiel auf Susans Gesicht.«

»Wurde es zerschnitten oder sonstwie verletzt?«

Die Oberin wandte plötzlich ihr Gesicht ab.

»Es war eine Säure«, stammelte sie. »Es war Rauchende Salpetersäure, die sich auf sie ergoß.«

Mir wurde mit einemmal kalt, eiskalt. Wie blind erstieg ich die Treppe. Rauchende Salpetersäure! Eine Welle des Entsetzens erfaßte mich, als ich die Klinke niederdrückte und das kleine Zimmer betrat, in dem Susan lag. Der Raum war verdunkelt, aber selbst im Dunkel sah ich genug. Susan lag, von Morphium betäubt, im Bett, ihr Gesicht war völlig in Bandagen gehüllt. Barclone, der

Chefchirurg, und Comyns, der Augenarzt, standen neben dem Bett. Es war Comyns' Anblick, der mich beim Betreten des Zimmers vor Entsetzen gelähmt hatte.
Ich trat auf das Bett zu. Fünf Minuten lang wurde kein Wort gesprochen, wir drei standen einfach da und schauten darauf nieder. Dann drehte sich Barclone um, nahm mich am Arm und führte mich zur Tür. Comyns folgte. Draußen richtete ich, elend vor Angst, einen fragenden Blick auf sie.
»Eine scheußliche Sache«, sagte Barclone schließlich. Er fingerte an seiner Uhrkette, ohne mich anzusehen. »Wenn wir uns bemühen, können wir das Augenlicht retten. Aber die Entstellung — bei Gott, ich wage sie mir nicht auszumalen . . .«
Es kam der Tag der Verbandabnahme. Ich fürchtete mich vor ihm. Ich war bei den letzten Verbandwechseln dabeigewesen; ich kannte das Schreckliche in seinem ganzen Ausmaß. Und Susan kannte es auch. An eben diesem Morgen hatte sie um einen Spiegel gebeten. Es gab keine Ausflucht, keinen Vorwand mehr, die Sache hinauszuzögern — ich reichte ihn ihr selbst. Eine volle Minute lang starrte sie auf ihr Ebenbild, dann wurde ihr Körper von einem Schauer geschüttelt. Der Spiegel entglitt ihrer Hand, ihr Kopf fiel erschöpft auf das Kissen zurück, sie schloß die Augen. Den ganzen Vormittag sprach sie kein Wort.
Gegen drei Uhr erschienen Dicky und Charlotte. Sie betraten das Zimmer gemeinsam; er mit ei-

nem riesigen Chrysanthemenstrauß, sie mit einer selbstgebackenen Schokoladetorte, Susans Lieblingsnäscherei. Sie waren vielleicht mit der vagen Vorstellung gekommen, bei einer Tasse Tee eine kleine Feier anläßlich Susans Gesundung zu veranstalten. Eine Sekunde lang standen sie auf der Schwelle, ein erfreulich anzusehendes Paar, und starrten auf Susans Gesicht im harten, durch keinen Vorhang gemilderten Licht. Ihr Lächeln erstarb, ihr Ausdruck wechselte von Verwirrung in Entsetzen — das war doch nicht Susan, das war eine ganz andere Frau! *Das* hatten sie nicht erwartet, *das* nicht! Niemand hatte gewagt, ihnen die volle fürchterliche Wahrheit zu sagen. Sie hatten sich auf eine leichte Entstellung gefaßt gemacht, vielleicht auf eine Narbe, die sich bei einer Nachbehandlung geben würde.

Achtzehn Monate später heirateten Dicky und Charlotte. Es war eine ruhige Hochzeit; Dicky hatte gesagt: »Wir wollten natürlich jedes Getue vermeiden.« Statt des Getues jedoch verbrachten sie köstliche Flitterwochen an den italienischen Seen. Dann kamen sie zurück und begannen ein prächtiges neues Leben: mit der neuen Partnerschaft in der ärztlichen Praxis, dem neuen Haus, dem neuen Wagen — diesmal einem richtigen Auto, neben dem sich die Hutschachtel verstekken konnte. Für Dicky und Charlotte war's eine großartige Zeit.
Susan war einverstanden. Natürlich war sie einverstanden. Hatte sie's nicht selbst so ge-

wünscht? »Warum sollte ich sein Leben zerstören?« Es war eine dezidierte Erklärung ihres Entschlusses, unausgesprochen zwar, aber von der verborgenen Stimme ihres Inneren diktiert.

Ich wußte, es hatte einen Augenblick gegeben, einen Augenblick der Schwäche, da ihr Mut gewankt und sie sich verzweifelt an Dicky geklammert hatte. Hätte er sie noch gewollt, wäre sie, mit wundem Gesicht und noch wunderer Seele, in seine schützenden Arme gesunken. »Dicky — verlaß mich nicht, Dicky!«
Aber Wochen waren seit diesem ersten Ansturm von Schwäche vergangen, und Dicky hatte sich inzwischen über seine eigene Person eine eigene kleine Philosophie zurechtgelegt. Es steckte viel Verstand in dem, was Susan sagte, mächtig viel gesunder Menschenverstand. Das war auch Charlottes überschwengliche Ansicht nach jenem schrecklichen Nachmittag, an dem sie verwirrt und mit niedergeschlagenen Augen vor Susan getraten war und die Neuigkeit hervorgestammelt hatte:
»Weißt du, Susan — Dicky, will sagen Dicky und ich — wir wollen ... wir wollen heiraten.«
Susan hatte das ganz in Ordnung gefunden. Natürlich, ganz in Ordnung. Die beste Lösung. Susans Geschenk an das glückliche Paar war großartig. Sie kam zur Hochzeit. Sie schrak nicht vor den Blicken und den Flüsterworten zurück.
»Eine prachtvolle Person, das arme Ding!«
»Diese Selbstlosigkeit!«

»Aber selbstverständlich das einzig Richtige.«

Sie war recht schweigsam, gewiß, doch sie lächelte sogar schwach — ein erstarrtes, verzerrtes Lächeln. Dann kehrte sie geradewegs nach Wiltshire zurück, wo sie einen Posten gefunden hatte.

Sie hatte zwar ihr Diplom, aber eine Praxis im üblichen Sinn war ihr nun verschlossen. Diesen Posten hatte sie in einer Anstalt bei Westplaine gefunden, einem Erholungsheim für Leute, die aufgrund von Überarbeitung und seelischer Belastung nervenkrank geworden waren. Ihre Aufgabe dort war hauptsächlich pathologischer Natur; sie wurde nicht zur persönlichen Behandlung der Fälle herangezogen, doch sie hatte zumindest eine Arbeit, in die sie sich mit Hingabe vertiefte. Ich vermutete wohl, daß sie darin nicht ihr Glück fand — es herrschte eine zu isolierte und unmenschliche Atmosphäre inmitten der Reagenzgläser im Laboratorium, doch Susan verlor nie ein Wort darüber. Die alte Mrs. Williams fuhr sie oft besuchen und nahm einen Kuchen oder ein Glas Eingemachtes mit, auf daß ihr armes Kind nicht Hungers sterbe. Eines Abends sagte sie nach einer solchen Besuchsfahrt zu mir:

»Wenn man sie ansieht, möcht' man glauben, diese ganze böse Sache hätte ihr kein Härchen gekrümmt.« Sie schüttelte seufzend den Kopf. »Aber wenn man einmal verstohlen einen Blick auf sie wirft, dann steht eine schreckliche Traurigkeit in ihren armen Augen.«

Ich sah sie über die Kaffeetasse hinweg an.

»Warum geht sie eigentlich nicht öfter Dicky und Charlotte besuchen?« fragte ich nachdenklich.
In letzter Zeit waren Susans Besuche in Wellgate immer seltener geworden.
»Sie möcht' es ja, Sir. Aber sie bildet sich ein, daß es den beiden peinlich ist, sie zu sehen. Weil dadurch alles Vergangene wieder aufgerührt wird.«
Das stimmte. Eine traurige Reaktion auf Susans Großmut: ihr Lohn sollte bloß in der Macht liegen, unselige Erinnerungen wachzurufen.
Ich selbst war öfter in Westplaine als in Wellgate. Man mußte zwar Dicky und Charlotte gern haben; man konnte sie für das, was sie getan hatten, nicht tadeln; sie schwammen auf dem Wellenberg der Prosperität, es gab sogar eine versteckte Andeutung auf ein »gewisses kommendes Ereignis«. So formulierte es Charlotte selbst, sie schrieb eifrig nette und unzusammenhängende Briefe. Oh, Charlotte — die war ganz in Ordnung! Aber Susan konnte ich nie ansehen oder ihrer Tapferkeit gedenken, ohne daß es mir die Kehle zusammenschnürte.
Eines späten Winternachmittags fuhr ich, als ich unerwartet über Freizeit verfügte, nach Westplaine. Die Abenddämmerung war eingebrochen, als ich ankam. Der Laternenanzünder machte seine Runde im Dorf — kleine Lichtpunkte zuckten in der Dunkelheit wie Fackeln auf. Ich betrat Susans Zimmer und sah sie im Dämmerschein auf der Fensterbank sitzen, ein Buch auf den Knien, die kleine zarte Gestalt zusammengesunken. Da sie mich nicht mit ihrem üblichen

erfreuten »Wie schön, Kitz, dich zu sehen!« begrüßte, rief ich:
»Hör zu lesen auf, du kannst ja nichts sehen!«
Sie blickte rasch auf, und ich entdeckte zu meiner Bestürzung, daß Tränen über ihre Wangen strömten.
»Ich brauche nichts zu sehen«, erwiderte sie leise. »Ich kenne den Text. Ich weiß ihn fast auswendig.«
Schweigend nahm ich ihr das Buch aus der Hand. Sie hatte wunderschöne Hände, klein, weiß und gepflegt, und die Sorgfalt, die sie ihnen angedeihen ließ, mochte sie zum Teil für ihre Entstellung entschädigen. Ich sah das Buch an. Es waren Charles Lambs *Essays of Elia,* und die aufgeschlagene Seite trug die Überschrift »Traumkinder«.
»Ein seltsamer Nachmittag liegt hinter mir«, fuhr sie mit mühsam beherrschter Stimme fort, und ihre Augen schienen einen langen Weg zu überblicken. »Es regnete, ich konnte nicht ausgehen, und so begann ich in meinen alten Sachen zu kramen. Du kannst dir sicher nicht vorstellen, was ich in meinem alten Koffer fand.« Ihre Stimme versagte fast, doch schon nach einem Augenblick sprach sie nachdenklich und gefaßt weiter: »Es waren diese zerschlagenen Puppen, mit denen ich als Kind spielte. Ich weiß, daß ich dir jetzt blödsinnig sentimental vorkomme — aber ich muß es dir einfach erzählen. Da lagen sie alle der Reihe nach. Wie dumm von mir. Erinnerst du dich an Sam, den Scheußlichen? Du sagtest immer, er sei geistig zurückgeblieben.«

Ich konnte nicht sprechen, überwältigt von der Erinnerung an jene Szene auf dem Rasen: Sonnenlicht ergoß sich über ein kleines Mädchen, spielte auf ihrem eifrigen Gesicht, ihrem bezaubernden Haar. So war sie dagesessen und hatte gewartet, begierig auf das Leben gewartet, Sonnenschein in den Augen ...

»O Susan!« rief ich endlich. »Gibt es denn nichts, gar nichts auf Erden, was dich wieder glücklich machen könnte?«

Nach einer langen Pause sagte sie:

»Ich weiß es nicht. Nein, ich weiß es nicht. Doch ... vielleicht doch ... eines Tages ...«

Wie schnell lösten einander die Jahre ab!

Fünf Jahre lang hatte Susan schon Forschungsarbeit in Westplaine geleistet; sie war jetzt fast neunundzwanzig. In Wellgate hatte sich Dickys älterer Partner in den Ruhestand zurückgezogen; die Praxis gehörte jetzt Dicky, er führte sie mit Hilfe eines jungen Assistenten. Charlotte und er waren in ein besseres Haus gezogen, wo sie große Gesellschaften gaben — genau für die richtigen Leute. Zwei reizende Jungen tummelten sich nun lärmend auf dem Besitz. Sie wußten kaum etwas von ihrer Tante Susan, man sprach nie von ihr.

Eines Tages erhielt ich einen unerwarteten Besuch von Susan. Während sie sich setzte und ihre Handschuhe abstreifte, sah sie mich unverwandt, aber nervös an.

»Ich stehe im Begriff zu heiraten.«

»Was!« Fast wäre ich aufgesprungen. Doch dann erkannte ich an der jähen Röte, die ihr Gesicht überflutete, wie grausam meine Überraschung sie getroffen haben mußte. Ungeschickt versuchte ich meine Verwirrung zu überspielen. »Tut mir leid, Susan, aber das hat mich wirklich aus dem Häuschen gebracht! Erzähl doch!«
»Er heißt David Learworth«, antwortete sie mit fester Stimme. »Er war drei Monate lang in Westplaine. Um sich auszuruhen, wohlgemerkt. Er hatte sich überarbeitet.«
»Weiter, Susan!« rief ich ungeduldig. »Erzähl mir mehr von ihm.«
»Sei unbesorgt, Kitz.« Die Andeutung eines Lächelns — des alten ruhigen Lächelns — spielte um ihre Lippen. »Ich kann's von deinen Augen ablesen, was für falsche Schlüsse du ziehst. Aber es ist alles in Ordnung. David ist kerngesund. Er ist Arzt. In den letzten zehn Jahren hat er das Krankenhaus in Milburn geleitet.«
»Das Krankenhaus in Milburn!« Ich erinnerte mich. »David Learworth! Jetzt weiß ich's. Natürlich kenne ich ihn dem Namen nach. Ein Mann mit Zukunft. Seine Abhandlung über die Amnesie hat vor einem Jahr eine richtiggehende Sensation hervorgerufen. Eine Leuchte der Wissenschaft!«
»Er ist tatsächlich eine hervorragende Persönlichkeit.« Ihre leise Stimme war von einem neuen Glück gefärbt; ihr ganzes Wesen strahlte Glück aus. »Er ist der Letzte, dem man zumuten könnte, eine Frau wie mich zu lieben. Er ist eine glänzende Erscheinung, hübsch, sensitiv, freund-

lich, wahrhaft nobel. Und er ist hinter mein abscheuliches Gesicht gedrungen und hat meine Seele entdeckt. Stell dir das vor! Es ist nicht zu fassen — ich selbst kann's kaum fassen. Aber es ist wahr. Glaub nicht, ich hätte mich Hals über Kopf in dieses Glück hineingestürzt. Es ist ganz allmählich über mich gekommen. Und ich habe alles unternommen, um dieses Gefühl zu unterdrücken. Hundertmal hab' ich versucht, David hinzuhalten. Genau wie ich es bei Dicky tat. Aber David ist anders als Dicky. Ich will Dicky jetzt nicht herabsetzen, ich mache ihm keine Vorwürfe. Aber ich bin froh« — ihre Augen leuchteten —, »oh, wie froh bin ich jetzt, daß die Dinge diesen Lauf genommen haben, jetzt, da ich David gefunden habe. Er will nicht hingehalten werden. Er will's einfach nicht, sage ich dir. Denn er weiß, daß diese Häßlichkeit nichts mit mir zu tun hat. Er liebt mein wahres Ich. Er will — er will mich heiraten.« Ihre Stimme brach ab, ihr Gesicht erglühte in zitternder Seligkeit.

Ich brachte es nicht über mich, sie anzusehen. Es war so unglaublich! Ich suchte nach Worten, um ihr Entzücken zu teilen — ich vermochte es nicht. Den ganzen Nachmittag lang, den wir miteinander verbrachten, war ich skeptisch und seltsam verwirrt.

Wir hatten vereinbart, daß ich am nächsten Sonntag nach Westplaine fahren sollte, um David Learworth kennenzulernen. Trotz Susans in den leuchtendsten Farben geschildertem Bild — oder vielleicht eben deswegen — brachte ich Learworth tiefes Mißtrauen entgegen.

Ich fand ihn anziehend, ungeheuer anziehend. Er war noch jung, nicht älter als vierunddreißig, hatte eine hochgewachsene, magere Gestalt, ein schmales Gesicht, dunkle, blitzende Augen und nervöse, sensitive Hände. Kein Wunder, daß Susan vor Freude erglühte, als sie sah, wie er mich langsam um den Finger wickelte. Wir gingen zu dritt lange spazieren und nahmen dann eine gemütliche Teemahlzeit in Susans Wohnung ein. Ich studierte ihn sorgfältig. Was sie von ihm erzählt hatte, stimmte. Er liebte Susan, seine Augen folgten ihr überallhin und verweilten mit tiefer Zärtlichkeit auf ihr.

Bevor ich aufbrach, war ich zwei Minuten lang mit ihm allein. Da wandte er sich mit einer fast heftigen Aufrichtigkeit an mich:

»Sind Sie nun überzeugt? Glauben Sie, ich hätte nicht gesehen, wie Sie mich den ganzen Nachmittag beobachteten? Ich liebe sie aufrichtig. Vom ersten Augenblick an, da ich sie sah, fühlte ich mich zu ihr hingezogen, ja geradezu magnetisch hingezogen. Sie ist mit keiner anderen Frau zu vergleichen. Was ist schon Schönheit? Ein Maßstab, den jeder Mann anders anlegt, der sich mit jedem Breitengrad ändert. Aber meine Gefühle für Susan ändern sich nicht, sie sind über jeden Wechsel erhaben.«

Seine seltsame, nervöse Eindringlichkeit erschreckte mich fast. Aber wie hätte ich ihn dafür tadeln können, daß er Susan so innig liebte! Ihre leuchtenden Augen rechtfertigten die Intensität

seiner Gefühle. Ich malte mir das langsame Aufglimmen dieses Feuers aus: die erste Begegnung mit David, das erste ungläubige Erkennen seines Interesses, das allmähliche Abbröckeln ihrer Reserviertheit, ihre Zweifel und Ängste, die Qualen des Mißtrauens, und schließlich die überwältigende Gewißheit, daß sie endlich, endlich geliebt wurde.
Ich fuhr nachdenklich und noch immer ein wenig zweifelnd heim und versuchte mir einzureden, daß eben ein Wunder geschehen sei.

Eine Woche später erhielt ich ein Telegramm Dickys: KOMME DICH HEUTE NACHMITTAG BESUCHEN. DRINGEND. Und tatsächlich traf Dicky zwei Stunden danach ein. Der Erfolg hatte ihn leicht verändert: er hatte Fett angesetzt, sein Scheitel hatte sich ein wenig gelichtet, und er war etwas selbstgefällig geworden. Ohne jede Einleitung warf er sich in einen Lehnstuhl, entnahm seiner goldenen und monogrammgeschmückten Tabatiere eine Zigarette, zündete sie an und sprudelte hervor:
»Hab' Susan gestern besucht. Fuhr eigens nach Westplaine hinunter. Hab' deswegen einen enorm wichtigen Fall versäumt.« Eine gewisse Gereiztheit lag in seinen Worten. Er machte einen raschen Zug an seiner Zigarette und faßte mich dann eindringlich ins Auge. »Du hast doch von dieser Affäre gehört — von ihrer Affäre mit diesem Kerl Learworth.«
Sein Ton gefiel mir nicht.

»Affäre? Das ist doch mehr als eine Affäre, Dicky. Du meinst wohl ihre Heirat.«
Er machte eine ungeduldige Handbewegung und schnipste die Zigarettenasche in den Kamin.
»Zum Teufel mit ihrer Heirat! Das ist doch absurd, völlig absurd. Ich fühle mich Susan gegenüber gewissermaßen verantwortlich. Und ich werde das Ganze unterbinden. Du mußt mir dabei helfen. Ich habe sie gebeten, sich heute nachmittag hier einzufinden. Wir müssen die Sache gründlich erörtern und Schluß damit machen.«
»Schluß damit machen«, wiederholte ich automatisch. »Lieber Dicky, du übertreibst wohl die Verantwortlichkeit, von der du sprachst. Selbst wenn wir nicht ganz mit dem, was sie tut, einverstanden sind, hat sie darüber allein zu entscheiden. Sie kann tun, was sie für gut findet.«
»Aber sie ist unvernünftig«, unterbrach er mich. »Ihre Gefühle für Learworth haben sie stockblind gemacht. Ich hingegen bin nicht blind. Und ich habe Erkundigungen eingezogen. Ich traue dem Kerl nicht im geringsten.«
Ich starrte ihn an: er hatte den Finger genau auf meine wundeste Stelle, den Zweifel, gelegt. Vielleicht geriet ich deshalb in gereizte Stimmung.
»Nenn ihn doch um Himmels willen nicht ›Kerl‹, Dicky. Er ist besser qualifiziert als du. Ein Mann mit Zukunft. Er hat Milburn zu einer der modernsten Nervenkliniken ausgebaut.«
»Nervenkliniken!« höhnte er zurück. »Warum sagst du nicht gleich Narrenhaus, wenn du schon darauf aus bist, die Dinge beim rechten Namen zu nennen?«

Ich setzte entrüstet zu einer Antwort an, als sich die Tür öffnete und Susan eintrat. Ich brach ab, Dicky erhob sich eilends. Dennoch trat eine peinliche Pause ein; sie erkannte, daß wir über sie gesprochen hatten, und ein Schatten huschte über ihre Züge. Doch sie sagte ruhig:

»Hier bin ich, Dicky. Ich habe dein Telegramm erhalten. Klingt ja hochwichtig und geheimnisvoll. Aber ich kann nicht lang bleiben. Sag mir also, was du zu sagen hast.«

Auf Dickys Hals erschienen rote Flecken. Er heftete die Augen auf das glühende Zigarettenende. Dann sprach er mit plötzlicher Entschlossenheit:

»Gut, ich will's sagen. Muß es sagen. Keine sehr erfreuliche Angelegenheit, aber sie muß erledigt werden. Ich bin hier, um mit dir über deine — deine Heirat zu sprechen.«

Sie entgegnete langsam: »Aber wir haben uns doch schon in Westplaine darüber ausgesprochen.«

»Nicht genug, Susan«, erwiderte er beharrlich, »nicht annähernd genug. Sei doch vernünftig. Du kannst es nicht tun.«

Sie starrte ihn ungläubig an; dann übergoß sich ihr Gesicht mit glühendem Rot.

»Ausgerechnet du unterstehst dich, so zu reden! Weil du mich nicht geheiratet hast, soll mir mein Leben lang das Glück versagt sein! Du bist wohl verrückt!«

Er sagte nach einer Pause bedeutsam:

»Nicht *ich* bin verrückt.«

Die Worte wirkten wie ein Donnerschlag.

Sie keuchte: »Was — was willst du damit sagen?«
Er blickte ihr fest ins Gesicht. »Learworth meine ich. Er ist nicht normal. Vom ersten Moment an, als ich ihn sah, ahnte ich, daß etwas nicht mit ihm stimmt. Und jetzt weiß ich es. Bin hundertprozentig davon überzeugt.«
Neuerlich trat eine schreckensvolle Pause ein; dann fuhr er fort, bevor sie sich zu einer Antwort sammeln konnte:
»Learworth hatte niemals einen Nervenzusammenbruch. Es war mehr als das, unzweifelhaft. Etwas, das haarscharf an Wahnsinn grenzt. Ich fuhr eigens deswegen nach Milburn. Man wollte dort nicht recht mit der Sprache heraus. Wie konnte man — der Bursche, der als sein Stellvertreter fungiert, sah verschreckt drein, sobald ich die Frage stellte. Irgend etwas steckt dahinter. Aber ich habe mir die Dinge zusammengereimt. Du weißt, wie weit ein Mensch kommen kann, wenn er seine ganze Zeit damit verbringt, in einem Irrenhaus zu arbeiten. Er schnappt selbst über. Und mit Learworth ist's soweit. Und noch mehr!« Seine Stimme hob sich, wurde noch eindringlicher. »Ich habe noch weitere Erkundigungen eingezogen. Die Neigung zum Irrsinn liegt in seiner Familie.«
Susan war bis in die Lippen erbleicht. Ihre Bewegungen erstarrten, sie stieß einen erstickten Schrei aus.
»So ist das also!« flüsterte sie. »Du — du stempelst ihn zum Verrückten, weil — weil er mich heiraten will.«

»Nein, Susan, nein!« Er beugte sich vor und sprach schamvoll, doch entschlossen weiter. »So etwas darfst du nicht sagen. Das ist schrecklich ungerecht.«

»*Du* bist schrecklich ungerecht. Mir und auch David gegenüber. Ich weiß alles über seine Krankheit. Und du irrst dich, irrst dich gewaltig. Er ist nur sehr nervös. Er war überarbeitet, hatte einen Nervenzusammenbruch; eben eine Nervensache, weiter nichts. Wie kannst du es wagen, ein solches Wort in den Mund zu nehmen! Kannst du denn nicht verstehen? Mußt du mir so weh tun? Das ist grausam, das ist unmenschlich.«

Dicky wandte schweigend den Kopf ab. Dann gewann Susan, die nach ihren Worten in ein leises Schluchzen ausgebrochen war, ihre Fassung wieder und erhob sich.

»Ich liebe David«, erklärte sie mit fester Stimme. »Ich liebe ihn aus ganzem Herzen. Ich werde ihn heiraten. Nichts wird mich davon abbringen. Nichts!«

Damit verließ sie uns.

Die Hochzeit fand noch in diesem Sommer statt. Ich machte mir Sorgen und wußte nicht, was tun. Was konnte ich denn schon tun? Ich fuhr persönlich nach Milburn, zog jede mögliche Auskunft ein. Learworth hatte einen schweren Nervenzusammenbruch gehabt, das gab man zu; aber wie vielen passierte das nicht in diesen Zeiten? Was seine Familiengeschichte betraf, hatte tatsächlich ein Onkel Selbstmord begangen. Der gerichtliche Totenbefund enthielt den üblichen gleichmütigen Zusatz: »... in einem Anfall von Sinnesverwirrung.« Aber das belastete ja Learworth nicht. Es mochte weiter nichts daran sein, bestimmt gab es nichts in Learworth' Verhalten, das Dickys Verdacht erhärtet hätte. Er war in jeder Beziehung bewundernswert und vollkommen. Doch darin lag ja eben unerklärlicherweise die Wurzel meines Unbehagens:

Learworth war zu vollkommen, um echt zu sein! Doch Susan zweifelte nicht an seiner Echtheit. Sie waren nach Llynfan gezogen, einem winzigen abgeschiedenen Fischerdörfchen an der Küste von Nordwales. Dort hatten sie ein Haus gemietet, denn sie planten — und mit welcher Freude von seiten Susans! —, ein ganzes Jahr lang Urlaub zu machen. Eine lange, aber wohlverdiente Zeit. Keines von ihnen hatte seit Jahren Ferien gehabt. Nun hatten sie ihr Glück gefunden und wollten es an diesem entlegenen Ort am Fuße der Berge und am Rande der See festhalten. Und wie fest sie es hielten! Susan schrieb regelmäßig Briefe, die zu lesen und wiederzulesen eine Freude war, schon um des Wohlgefühls willen, sie glücklich zu wissen. Diese Briefe strömten Glück aus, jedes ihrer Worte trug den Stempel der prachtvollen Bergwelt, der tiefen Ruhe des Meeres, der mystischen Schönheit der Seele. Sie eröffneten Visionen langer, stiller Abende, an denen Susan beim offenen Fenster saß, die auf dem Wasser tanzenden Lichtfächer betrachtete und den Geruch glimmenden Holzes einatmete; Visio-

nen warmer Dunkelheit, mit der die einbrechende Nacht sie in einem glücklichen Aufseufzen umschloß.
Ich fand neues Gefallen am Leben; meine Ängste schwanden, ich begann mich darauf zu freuen, Llynfan im Frühjahr einen Besuch abzustatten. Doch dann änderte sich plötzlich, ganz plötzlich, der Ton von Susans Briefen. Ich stellte es sofort an jenem fest, der mich am letzten Oktobertag erreichte. Er enthielt den üblichen Bericht und eine Aufzählung alles dessen, das getan worden und noch zu tun war. Aber die Tonart war anders. Zwischen den Zeilen stand Verheimlichtes. Die folgenden Briefe waren ähnlich, oder vielmehr schlimmer. Sie trafen so regelmäßig wie früher ein, aber sie klangen bemüht und verkrampft. Dann kam vierzehn Tage lang nichts. Am 21. Dezember endlich erhielt ich eine kurze Nachricht, die mich richtig erschreckte. Es waren zwei auf einem Notizblockzettel eilig hingekritzelte Zeilen. »Kannst Du bitte kommen? Ich brauche Dich. Dringend.«

In den Nachmittagsstunden des nächsten Tages, eines grauen Wintertages, traf ich in Llynfan ein. Die Wolken hingen tief über den Bergen, und ein stürmischer Wind peitschte mir den Regen ins Gesicht, als ich die einzige Dorfstraße entlangeilte. Susan hatte mich nicht vom Bahnhof abgeholt — an sich schon ein bedrückender Umstand —, doch es fiel mir nicht schwer, das Haus zu finden. Es war das ehemalige Gebäude der

Küstenwacht, ein Würfel aus weißem Stein mit einem Flachdach, der auf einem zementierten Platz dem Sturm Trotz bot. An der einen Ecke ragte ein nackter Pfosten in die Höhe; einige verwelkte Fuchsien säumten den Pfad. Wie freundlich mußte das Haus im Sonnenschein ausgesehen haben, wenn ein buntes Fähnchen vom Mast wehte und die Fuchsien sich leuchtend von den weißen Steinmauern abhoben! Aber jetzt gab es keine Sonne, nur Regen und Nebel, Regen und Sturmwind über dem Meer.

Ich brauchte nicht zu klopfen. Susan hatte mich vom Fenster aus gesehen und eilte mir zur Tür entgegen. Ihre Finger zitterten, als sie mir die Hand gab.

»Tut mir leid, daß ich dich nicht abholen konnte.« Auch ihre Lippen zitterten. »Ich war bei David. Aber jetzt ist er ausgegangen. Ganz plötzlich.« Sie freute sich über mein Kommen, jede ihrer Bewegungen drückte Erleichterung aus, wenn sie auch von seltsamer Nervosität zeugten. Sie war hochgradig erregt. Ich hätte schwören mögen, daß ihre Augen von Weinen gerötet waren. Sie trug ein dunkelbraunes Kleid, das ihrer schlanken Gestalt eine eigenartige neue Würde verlieh. Sie zog mich am Arm in das Wohnzimmer und ließ sich neben mir auf dem Sofa vor der Feuerstelle nieder. Auch da löste sie nicht ihren Griff, was mir zu denken gab.

Ich lehnte ihre Einladung, eine Mahlzeit zu nehmen, ab — ich hatte im Zug gegessen — und legte ihr meinen Arm leicht um die Schulter.

»Nun bin ich da, Susan. Erzähl mir alles.«

Sie wandte den Kopf ab; ich fühlte, wie sie erstarrte. Eine Zeitlang schwieg sie, dann begann sie leise zu sprechen.
»Ich muß es dir wirklich erzählen — einem Menschen muß ich mich anvertrauen. Ich habe versucht, alles bei mir zu behalten, weil ich mir sonst illoyal vorgekommen wäre. Aber ich kann einfach nicht länger schweigen.« Sie ließ ihr Haupt auf meinen Arm fallen und brach in Tränen aus. Volle zwei Minuten verstrichen, bevor sie ihre Fassung wiedererlangte. Dann blickte sie starr vor sich hin und sagte stockend: »Am Anfang war's so wundervoll. Deshalb ist es jetzt so entsetzlich. Ich kann dir gar nicht sagen, wie wundervoll David war. Er war mir alles, was ich brauchte, alles, wonach ich mich sehnte. Wir bedeuteten einander alles.«
»Ich weiß. Ich erkannte es aus deinen Briefen.«
»Und dann geschah das Furchtbare. Ganz plötzlich.« Sie schloß die Augen wie vor einem Anblick, den sie nicht ertragen konnte. »Wir saßen eines Abends beim Essen. David — er war den Tag über ganz still gewesen, still und seltsam — ergriff mit einemmal sein Messer und richtete es gegen mich. ›Hör auf, mich zu beobachten‹, sagte er, ›ich bin in letzter Zeit schon genug bespitzelt worden.‹ Zunächt dachte ich, er scherze. Ich lachte und sagte: ›Sei nicht so albern.‹ Aber er starrte mich an, und der Ausdruck seiner Augen jagte mir Entsetzen ein. Er sprach weiter: ›Bei Gott, ich glaube, du hast dich mit diesen

Teufeln verbündet, die mich beobachten.‹ Ach, es war so schrecklich — dieser Schock, dieser Blick, sie waren noch schlimmer als seine Worte.« Nach einer kurzen Pause biß sie sich auf die Lippe und zwang sich, fortzufahren. »Er hatte also nicht gescherzt. Ich fiel aus allen Wolken. Und ich fürchtete mich, fürchtete mich maßlos. Ich bat ihn um eine Erklärung. Ich trat auf ihn zu und versuchte seine Hand zu ergreifen. Aber er schob mich beiseite, sprang auf und verließ schreiend und polternd das Haus.« Sie brach neuerlich zusammen, ihr Kopf sackte an meine Schulter. »Wozu erzähle ich dir das alles?« rief sie hilflos. »Das war erst der Anfang. Als er in der Nacht nach Hause kam, versperrte er seine Tür. Tagelang sprach er nicht mit mir. Und jetzt, da er wieder spricht, ist es nur wirres Zeug! Du wirst dich selbst davon überzeugen können. Jetzt ist es ganz schlimm geworden. Ich habe all diese Wochen gekämpft und gehofft und gebetet. Aber es war zwecklos. David ist — ach, er ist nicht mehr jener David, der mich liebte! Er ist verschroben. Er ist« — sie stieß die Worte schluchzend hervor — »er ist nicht mehr bei Sinnen.«

Eine plötzliche Stille senkte sich über das Zimmer, nur unterbrochen von einem jähen Windstoß und einem Regenschauer auf die Fensterscheibe. Die Fuchsienzweige begannen hin und her zu schlagen, tapptapp, tapptapp. Was sollte ich nur sagen, du lieber Gott?

Dann wurde die Haustür aufgerissen, schwere Fußtritte ertönten auf den Steinfliesen der Halle, und David stürzte ins Zimmer. Ein Blick auf ihn

sagte mir alles. Er war nicht wiederzuerkennen — seine Augen glühten, seine Wangen waren eingefallen, sein windzerzaustes Haar hing ihm in die Stirn, seine ganze Erscheinung war von einem unheimlichen Flimmern umgeben. Und nun stand er da mit gegrätschten Beinen, während Wasser aus seinen regennassen Kleidern auf den Steinboden floß, und starrte uns beide an.
»Welch überaus rührendes Bild!« rief er endlich mit höhnisch gekräuselten Lippen. »Aber was haben *Sie* hier verloren, zum Teufel? Ich habe Sie nicht hierhergebeten. Nur ich habe Grund zu verlangen, was ich will. Nur ich, David Learworth, bin der Urgrund alles Verlangens und alles Seins.«
Susan sprang sofort auf und näherte sich ihm; ihr Verhalten zeigte nur zu schmerzlich, wie oft sie sich in den vergangenen Tagen bemüht hatte, ihn zu beruhigen.
Aber er stieß sie von sich und verkündete erregt:
»Ich sage: ich bin der Urgrund, allmächtig und allumfassend. Aber niemand glaubt mir. Alle sind gegen mich. Jedermann erhebt seine Hand gegen mich. Ringsum nichts als Unvernunft, Un-Sein. Man hat einen Kordon um dieses Haus gezogen. Aber ich werde sie überlisten — ihr werdet schon sehen, ihr werdet schon sehen!«
Seine Pupillen waren erweitert; er fuchtelte mit den Armen und stieß ein kurzes wildes Lachen aus. Dann drehte er sich um und verließ das Zimmer.
Todbanges Schweigen. Susan wandte sich ab, um

ihr Gesicht zu verbergen, und zog die Vorhänge zu. Sie machte sich lange am Fenster zu schaffen. Dann sagte sie, ohne mich anzublicken:
»Du siehst, es hat keinen Sinn, die Augen länger zu verschließen. Du mußt ihm das Versprechen abnehmen, wegzufahren und sich einer Behandlung zu unterziehen. Ich hab' ihn dutzendmal darum gebeten. Aber er wollte nicht. Du mußt ihn wegbringen.« Ihre Stimme wurde eindringlich. »Er wird geheilt werden. Er muß geheilt werden. Er wird so sein, wie er früher war.«
Ich schlug die Augen nieder. Ihre Hoffnung schien mir ebenso jämmerlich wie vergeblich. Aber ich sagte:
»Ich will mein Bestes tun, Susan.«
Nach einer neuerlichen Pause fragte sie:
»Möchtest du jetzt nicht in dein Zimmer hinaufgehen?«

Unser einfaches Mahl war von Susan selbst zubereitet worden — die Mädchen hatten sie unmittelbar nach Learworth' seltsamen Ausbrüchen verlassen. Sosehr sie sich auch um eine heitere Miene bemühte, sie sah jetzt erbarmenswürdig erschöpft aus.
Plötzlich ließ Learworth seinen Löffel klirrend fallen. Er lehnte sich in seinen Stuhl zurück; er hatte sich's nicht nehmen lassen, einen purpurfarbenen Schlafrock zu tragen.
»Diese Suppe bring' ich nicht hinunter«, erklärte er mit schallender Stimme. »Das ist keine Suppe für mich. Mir gebühren königliche Mahlzeiten.«

»Die Suppe ist ausgezeichnet«, sagte ich scharf. »Sie sollten Susan dafür dankbar sein, daß sie sie zubereitet hat.«
Er sah mich finster an und begann dann mit raschen, ruckartigen Bewegungen um sich zu blicken. Seine Züge drückten nackte Bösartigkeit aus. Ich begann mir um Susans Sicherheit Sorgen zu machen. Wie gut, daß ich gekommen war!
Er saß zurückgelümmelt auf seinem Stuhl, bis der nächste Gang aufgetragen wurde: mit Sorgfalt gebratene Hammelkoteletts.
»Bitte greif zu, David«, lud sie ihn schüchtern ein.
Er riß die Platte wortlos an sich und machte sich gierig über das Fleisch her. Dann begann er plötzlich wieder in seinen Wahn zu verfallen; unter unruhigem Herumrutschen stieß er hervor:
»Man hat einen Kordon um das Haus gezogen. Im Schutze der Dunkelheit, versteht sich. Das ist das Los des Mächtigen, die Strafe für Allwissenheit. Aber ich fürchte mich nicht. Und ich werde nicht unterliegen.« Er lachte schneidend, mit einem Unterton listiger Heiterkeit. »Nein, nein. Das geht über die Macht der Menschen, den Unbesiegbaren zu besiegen. Ich kenne einen Fluchtweg. Einen köstlichen Fluchtweg.«
Ich hielt den Atem an. Es war nackter Wahnsinn. Ich sagte, so beherrscht ich konnte:
»Das Haus wird von niemandem bespitzelt, David. Sie sitzen hier in aller Ruhe mit Ihrer Frau und mir beim Abendessen.«

Er faßte mich scharf ins Auge; dann lehnte er sich zurück und begann von neuem zu lachen. Er brüllte vor Gelächter; dann brach er es plötzlich ab, als ließe er eine Falle zuschnappen.
»Meine Frau!« rief er. »Ich habe keine Frau mehr. Bin mit ihr fertig. Sie hat sich mit ihnen verbündet — mit meinen Feinden.«
Die fiebrige Erregung in seinen Worten war zum Fürchten, in seinen Augen lag Tollwut. Ich sprang auf und trat vor ihn: ich erkannte, daß er um Susans und seiner eigenen Sicherheit willen sofort gebändigt werden mußte.
»Aber, David«, sprach ich beruhigend auf ihn ein, »nehmen Sie doch Vernunft an. Es ist sinnlos, sich derart aufzuregen.« Ich streckte die Hand aus, um seinen Arm zu ergreifen.
Doch nun kam seine Raserei zum Ausbruch, seine in langen, mit dumpfem Brüten hingebrachten Wochen unterdrückte Raserei. Er schlug mich heftig auf die Wange, warf seinen Kopf zurück und stieß einen wilden animalischen Schrei aus. Während ich über den Tisch fiel, stürzte sich Susan in panischer Angst zu seinen Füßen.
»David, David!« Sie umschlang seine Knie.
Aber er machte sich mit Fußtritten von ihr frei. Bevor ich mich noch erheben konnte, stürzte er zur Tür und riß sie auf.
»Jetzt will ich's ihnen zeigen«, brüllte er. »Jetzt, in diesem Augenblick, will ich's ihnen zeigen. Es steht in meiner Macht. Hinaus und fort! Wie Ariel! Allmächtig und frei!«
Susan schrie auf, aber schon war er weg. Ich stürzte ihm wie besessen nach, während es mir

noch immer vor den Augen schwamm, und rief ihm zu, er möge doch um Gottes willen einhalten. Er raste vor mir die Treppe hinauf. Sein Atem drang keuchend und abgehackt durch die Finsternis zu mir zurück. Ich wußte nicht, was er vorhatte. Ich versuchte, ihn mit allen Kräften zu überholen. Furcht kroch eisig durch meine Adern.
Auf dem obersten Treppenabsatz stieß er durch eine Öffnung, die zu einer hölzernen Plattform auf dem Dach führte; sie hatte dazu gedient, den Schiffen auf hoher See zu signalisieren. Flink wie eine Katze kletterte er in die Finsternis hinaus. Einen Augenblick sah ich dort draußen die Umrisse seiner Gestalt aufragen — düster und ungeheuerlich, von einer manischen Entschlußkraft besessen. Schaudernd sah ich, wie er seine Arme ausbreitete, gottgleich, eine unsichtbare Macht anrief. Hinter mir hörte ich Susans Stimme den erstickten Schrei ausstoßen:
»David! David! Komm zurück!«
Als ich mich eben abmühte, auf das Dach hinauszukriechen, brüllte er wieder wahnwitzig:
»Wie Ariel! Auf Ariels Schwingen!« Und mit ausgestreckten Armen schleuderte er sich, als wäre ihm die Macht des Fliegens verliehen, nach vorne, entzog sich herabstürzend meinen Augen.
Durch das eintönige Ächzen des Windes und das Dröhnen der Gischt unten am Strand, durch die Todesangst von Susans Aufschrei hörte ich den Aufprall seines Körpers auf dem zementierten Platz. Dann fiel Susan ohnmächtig in meine Arme.

Der Frühling kam. Die Knospen des Flieders sprangen auf, und von den blühenden Kastanienbäumen schwebten kleine weiße Blütenblätter wie Flügelchen zu Boden. Die Erde sang mit unzähligen zarten Stimmen.

In Wellgate kreisten die Krähen hoch in den Lüften, senkten sich krächzend zu ihren Nestern herab; die Luft war ruhig, so ruhig, daß die Kirchenglocken nur oberflächlich an der Stille rührten. Susan wohnte nun bei Dicky und Charlotte in Wellgate; die Entfremdung und die Mißstimmung der letzten zwei Jahre waren durch ihre Notlage ausgelöscht worden. Die beiden hatten sie sofort und ohne Zögern bei sich aufgenommen.

Ich fuhr sie oft besuchen, denn ich stand noch immer unter dem Eindruck des Geschehenen und fühlte den schweren Schatten des Vorwurfs auf mir lasten. Nicht, daß mich Davids Tod bedrückte. Er hatte das bessere Teil erwählt, als er auf Ariels Schwingen in das grenzenlose Vergessen eintauchte, statt in einer Polsterzelle jammervoll eingesperrt zu enden.

Aber Susan?

Eines Tages fragte ich Dicky: »Weiß Susan — weiß Susan eigentlich, daß ...«

Er warf mir einen forschenden Blick zu und schwieg zunächst; wir schlenderten nach dem Abendessen durch den Garten. Dann sagte er, in den Anblick seines glühenden Zigarrenendes vertieft, unvermittelt:

»Sie geht oft weg. Ganz allein. Wußtest du das?«
Ich konnte seinem Gedankengang nicht folgen.
»Warum nicht? Spazierengehen tut ihr nur gut.«
»Du weißt nicht, wohin sie geht?«
Seine Art zu reden gab mir Rätsel auf. Ich schüttelte den Kopf und sah ihn fragend an.
»Sie geht nach Barcraig«, sagte er langsam. »Zu diesem Gebäude, das jetzt nach der neuen Kommunalplanung umgewidmet werden soll. Ja, dorthin geht sie und schlendert dort herum. Ganz ruhig, weißt du. Weder melancholisch noch hysterisch. Dieses alte Haus in Barcraig scheint ihr irgendwie Trost einzuflößen.«
Nun war mir klar, daß Susan es wußte. Barcraig, ein kleiner hübscher Weiler, war etwa acht Kilometer von Wellgate entfernt; er lag in leicht gewelltem Weideland eingebettet, Kleefelder breiteten sich ringsum aus und Geißblatt rankte sich um die Bäume der Alleen. Aber nicht nur Sehnsucht nach Stille hatte Susan an diesen Ort geführt. Der Grund konnte nur geahnt, nicht erklärt werden; in Barcraig bereitete man ein Heim für geistig zurückgebliebene Kinder vor.

Zu Beginn des vergangenen Jahres war ich eingeladen worden, aus Anlaß der Jahrhundertfeier des Ärzteverbandes an einem Kongreß in Toronto teilzunehmen. Ich hatte zugesagt. Ende Juni war meine Abreise fällig.
Die Tage verstrichen rasch, die Abende wurden länger; die Zeit für meine Schiffsreise nach Kanada war gekommen. Am Abend vor meiner Ab-

fahrt saß ich mit Susan allein in der Bibliothek. Ich hatte das Licht nicht eingeschaltet; ich wußte, daß Susan das verhüllende Zwielicht liebte. Eine lange Schweigepause war eingetreten. Dann sagte sie:

»Schau nicht so schrecklich traurig drein, Kitz.« Wahrhaftig, sie lächelte mich an. »Ich weiß, daß du nur ungern weggehst. Aber ich will, daß du abreist. Es ist besser, wenn du nicht hier bist. Und drei Monate sind keine sehr lange Zeit. Du kommst ja wieder zurück.«

Ich fuhr zusammen. Sie durchschaute meine Gedanken geradezu unheimlich, während ich die ihren nicht zu lesen vermochte.

»Natürlich komme ich wieder zurück.« Himmel, ich mußte doch noch mehr sagen! »Und es wird schon alles gut gehen, Susan. Bestimmt.«

»Bestimmt.«

»Dicky ist ein famoser Bursche.«

»Ja, gewiß.«

Wieder breitete sich Schweigen aus. Das schwindende Licht fiel in schrägen Streifen durch das Fenster auf ihre volle Gestalt und verlieh ihr eine eigene Würde von höherer Bedeutung. Sie war sozusagen von der ganzen tiefinnerlichen Schönheit ihrer Seele umflossen und verklärt. Eine majestätische, edle und mutige Gestalt, die keine Niederlage kannte. Plötzlich faßte sie mich ins Auge und sagte:

»Du bist sehr gut zu mir gewesen, Kitz. Du sollst wissen, daß ich mich nicht fürchte. Ich weiß, was ich zu erwarten habe. Schon die ganze Zeit habe ich mich damit auseinandergesetzt. Und selbst wenn es zum Schlimmsten kommt, gibt es immer noch einen Trost für mich.«

»Du bist sehr tapfer, Susan.« Meine Stimme ließ mich im Stich. »Sehr tapfer. Ich wünsche — mehr als alles auf der Welt —, daß du glücklich wirst.«

Nach einer neuerlichen Pause murmelte sie:

»Erinnerst du dich, daß du dies schon einmal gesagt hast? Vor Ewigkeiten, kommt mir vor — aber du hast es gesagt. Und ich erwiderte, ich sei voll Vertrauen und Zuversicht, daß etwas kommen würde« — ihre Stimme wurde nahezu unhörbar —, »das all das Leid und all die Sorgen zum Erlöschen brächte. Für immer.«

Kaum wagte ich zu fragen:

»Und du glaubst noch immer daran, Susan?«

Sie nickte langsam, und ihr narbiges Gesicht wurde von einer unendlichen Süße überflutet. Sie sagte mit fester Stimme:

»Ja, ich glaube es. Und ich halte mich mit allen Kräften daran.«

Am nächsten Tag schiffte ich mich nach Kanada ein.

Ich hatte mit Dicky vereinbart, daß er mir ein Telegramm sende, sobald er etwas wisse. Und während in den ersten Kongreßtagen mein Geist mit dem Fortgang der Beratungen ausgefüllt war, sonderte sich etwas in mir ab und wartete, wartete auf das Eintreffen des so ungeheuer wichtigen kleinen Zettels.

Zwei Wochen vergingen, ohne daß das Kabel eintraf. Eine weitere Woche blieb ich ohne Nachricht über Susan. Erst eines Morgens Ende Juli kam sie. Nicht das erwartete Telegramm, sondern, ganz undramatisch, ein langer und ausführlicher Brief Dickys. Schwalben segelten draußen vor meinem Fenster vorbei und die Pappeln gegenüber standen so aufrecht wie Schildwachen, als ich den steifen grauen Umschlag aufriß. Meine Hände zitterten, als ich das eng beschriebene Blatt herauszog. Nach einem Augenblick wußte ich alles.

Susan ging es gut — mein Herz machte einen köstlich erleichterten Sprung. Aber das Baby war totgeboren.

Ich seufzte tief auf.

Der Kongreß zog sich hin. Ich mußte mit einem Unterausschuß von Delegierten eine Tour nach Quebec, Montreal, Winnipeg und Vancouver unternehmen — aber ich war nicht bei der Sache. Aus England hatte ich keine weiteren Nachrichten erhalten. Ich wünschte es auch gar nicht. Es war mir seltsam bang ums Herz. Ja, nun fürchtete ich mich vor den Folgen des letzten Unheils.

Mitte September reiste ich endlich heimwärts. Am Einundzwanzigsten traf ich in Southampton ein. Jetzt trieb es mich, so widerspruchsvoll sind nun einmal unsere Gefühle, eilends nach Hause. Der Zug fuhr mir nicht rasch genug. Ich mietete ein Auto und ließ mich geradewegs nach Wellgate bringen.

Es war ein leuchtender Tag, einer jener klaren Septembertage, in deren Luft noch die Sommerwärme liegt und das Land in den prächtigen Far-

ben des Herbstes erglüht. Die Obstgärten standen in voller Frucht, die Stoppelfelder schimmerten gelb. Glanz lag auf der Erde.
Das Auto summte wie eine heimkehrende Biene. Und ich fühlte mich selbst als Heimkehrer, als ich in Wellgate einfuhr und vor Dickys Haus hielt. Aber mein Herz klopfte zum Zerspringen, als ich läutete und eintrat. Charlotte und Dicky saßen in der Bibliothek. Zuerst starrten sie mich erstaunt an, dann sprangen sie auf, überfielen mich, überwältigten mich mit ihren Willkommensgrüßen. Dennoch wollte das dumpfe Pochen in meiner Brust nicht aufhören.
»Wo ist Susan?« fragte ich endlich.
Die beiden tauschten einen Blick, einen unverständlichen Blick, der mich gleichzeitig verwirrte und erschreckte.
»Weißt du es denn nicht?« fragte Charlotte zurück.
»Ihr habt mir nicht geschrieben«, erwiderte ich rasch. »Seit Wochen habe ich keine Nachricht von euch.«
»Du selbst hast nicht geschrieben«, warf Dicky ein. »Kein einziges Wort.«
Ich blickte ihn angsterfüllt an.
»Um Himmels willen«, rief ich. »Was soll dieses Herumgerede? So sagt mir schon das Schlimmste. Wo ist Susan?«
Dickys Gesicht blieb rätselhaft, während er kurz antwortete:
»In Barcraig.«
Hielt er mich zum Narren? Fürchtete er sich zu sprechen?

»Wozu es dir erzählen?« sagte er langsam. »Fahr doch selbst nach Barcraig hinaus.«
Charlotte und er sahen mich so seltsam und eindringlich an, daß ich es nicht ertragen konnte. Mit einem ungeduldigen Ausruf drehte ich mich um und stürzte aus dem Haus. Nach einer kurzen Order an den Chauffeur stieg ich wieder ins Auto. Während wir durch die schmalen Gassen fuhren, saß ich, von Ängsten zerfleischt, zusammengekauert im Fond des Wagens. Warum war Susan in Barcraig, dem Ziel ihrer einstigen traurigen und einsamen Wanderungen? In Barcraig, das sie aufgesucht hatte, von düsteren Vorahnungen eines kommenden Unheils erfüllt? Mir war sehr bang ums Herz.
Ich ließ den Wagen vor der Einfahrt eines alten Hauses halten und stieg aus. Ich war noch nie hier gewesen, obwohl mich mein Weg oft vorbeigeführt hatte, und nun näherte ich mich dem Pförtnerhaus, das Schlimmste befürchtend. Es war ein hübsches, mit rotem Wildem Wein umranktes Häuschen; das Tor stand offen, die Einfahrt erstreckte sich in einer langen, wohlgeformten Kurve vor mir, die von Beeten mit gefüllten Chrysanthemen gesäumt war. Ich klingelte nervös. Der Portier erschien auf der Stelle. Ein junger, freundlicher Mann. Ich fragte überstürzt nach Susan.
»Jawohl, Sir«, sagte er sogleich. »Ich komme gerade vom Haus. Die Frau Doktor ist jetzt da vorn. War den ganzen Vormittag schwer beschäftigt.« Und er setzte mitteilsam und gewichtig hinzu: »Das Komitee war zum Mittagessen da.«

Ich starrte ihn an. Dann ging mir ein Licht auf — ein blendendes Licht. Ich rief:
»Sie ist — sie ist also hier angestellt?«
Sein Gesicht drückte blanke Überraschung aus.
»Ja natürlich, Sir. Frau Dr. Sinclayne ist unser Anstaltsarzt. Da die Kinder so klein sind, brauchten wir eine Ärztin.«
Auf weitere Erklärungen legte ich keinen Wert. Ich schritt die Auffahrt entlang, eigenartig erregt und eine Beute seltsamer Erinnerungen. Erinnerungen an einen anderen Tag, eine andere Einfahrt, auf der ich vor langer, langer Zeit geschritten war. Ich eilte weiter. Der Friede, der über diesem abgeschiedenen Ort lag, war unbeschreiblich; die Stille summte vor Glück; die Luft war vom Duft der Chrysanthemen erfüllt.
Ich überquerte ein Feld, das einst eine Koppel gewesen war und auf dem sich jetzt Kaninchen sonnten. Ich hörte Lachen, Kinderlachen. Dann kam das Haus in Sicht, seine einladende Front erhob sich über dem geschorenen Rasen.
Dann blieb ich stehen, überwältigt von dem Anblick, der sich mir bot. Auf dem Rasen stand Susan, ihre zarte kleine Gestalt zeichnete sich von den Bäumen ab. Sie war von einer dichten Schar kleiner Kinder umringt, die lärmend und furchtlos spielten. Ihr Lachen schwoll in Wogen des Glücks. Zwei Kinder hielten sie an den Händen. Ihre Gesichter waren form- und ausdruckslos — doch sie hingen an ihr ohne Furcht. Ein kleiner, noch nicht vierjähriger Junge klammerte sich an ihren Rock. Seine winzigen leeren Augen, gezeichnet von der Hilflosigkeit der Zurückgeblie-

benen, blickten voll Liebe zu ihr auf. Er rieb seinen unförmigen Kopf an ihrem Knie. Ein jähes Gefühl der Freude und Ehrfurcht stieg in mir auf und schnürte mir die Kehle zusammen. Tränen brannten in meinen Augen. Der Anblick hielt mich in Bann.

Sie stand auf dem Rasen, von Würde und Sanftmut umflossen. Die Sonne strahlte auf sie herab, und in ihrem verwüsteten Gesicht lagen Zärtlichkeit und Friede.

Die Bewährung

Während meines Medizinstudiums in Schottland arbeitete ich als Praktikant unter einem berühmten Chirurgen. Er war ein älterer, großer, magerer und strenger Mann mit einer Neigung zum Sarkasmus; seine eigene Überlegenheit erfüllte ihn mit ausgesprochener Verachtung für die Unzulänglichkeiten der Mitmenschen. Ich war jung und arm, rang verzweifelt nach Erfolg, und aus dieser Beflissenheit zu gefallen machte ich gelegentlich Fehler, die mir von seiten des großen Mannes scharfe Rügen eintrugen. Ich wurde dadurch immer nervöser, vor allem wenn ich ihm im Operationssaal assistieren mußte. Sooft ich es um den Bruchteil einer Sekunde versäumte, ihm das richtige Instrument zu reichen oder den Retraktor so anzusetzen, wie er es wollte, mit einem Wort: seinen leisesten Wünschen zuvorzukommen, stieß er die schneidenden Worte hervor: »Aus Ihnen wird nie ein Chirurg.«
Diese Worte verfolgten mich so sehr, daß ich als fertig ausgebildeter Doktor der Medizin und praktischer Arzt von der fatalen, wie ein Fluch auf mir liegenden Überzeugung besessen war, ich würde als mittelmäßiger Landarzt weiterwursteln, der tagtäglich seine Visitenrunde absolvierte, ab und zu vielleicht in einem nebensächli-

chen Fall die Lanzette handhabte, nie aber imstande sein, jene größeren Eingriffe vorzunehmen, die das Um und Auf des ärztlichen Berufes darstellen. Meine Praxis lag im westlichen Hochland, und ich war in diesem abgeschiedenen Bezirk der einzige Arzt weit und breit. Die Leute dort waren ein kräftiger Schlag, schweigsam und verschlossen. Doch sobald ich mich als eifrig und einsatzwillig erwiesen und eine lästige Diphtheriewelle unter den Schulkindern mit Erfolg bekämpft hatte, begann ich ihr Vertrauen zu gewinnen. Bei den wenigen Gelegenheiten jedoch, da ein chirurgischer Eingriff erforderlich war, fühlte ich mich veranlaßt, einen Kollegen aus Perth herbeizurufen, der — mit Auto oder Bahn — zwei Stunden brauchte, um an Ort und Stelle zu sein.

Eines späten Dezembernachmittags, als der rauhe Hochlandwinter mit voller Stärke eingesetzt hatte, wurde ich auf einen abgelegenen Hof gerufen, fünf Kilometer außerhalb des Dorfes. Ein junger Mann namens Robin Blair war beim Holzfällen verletzt worden. Der Bote, ein Knecht vom Hof, der den ganzen Weg laufend zurückgelegt hatte, konnte keine näheren Angaben machen; er fürchtete nur, daß die Verletzungen ernst seien.

Ich kannte den jungen Blair gut — erst vor drei Monaten hatte ich seiner Hochzeit mit der Tochter des Pastors beigewohnt. Rob war beliebt, ein guter Sportler, der sich vor allem im landesüblichen Eisschießen hervortat und bereits mehrere Preise bei den Hochlandwettkämpfen in Perth errungen hatte.

Ich machte mich zu Fuß auf den Weg — auf den tiefverschneiten Straßen wäre ein Weiterkommen mit welchem Fahrzeug immer unmöglich gewesen. Die ganze letzte Nacht hindurch hatte ein Schneesturm getobt, der jetzt von bitterer Kälte abgelöst worden war. Nachdem wir dem eisigen Wind mehr als eine Stunde Trotz geboten hatten, trafen der Bote und ich auf dem Hof der Blairs ein. Der Patient lag auf einer Matratze vor dem Herd in der steingepflasterten, mit Deckenbalken versehenen Küche. Ein einziger Blick auf die bewußtlose Gestalt verriet mir, daß es sich um einen verzweifelt ernsten Fall handelte. Seine in Tränen aufgelöste junge Frau war nicht ansprechbar, doch vom Vater erfuhr ich das Wichtigste.

Rob und sein Vater waren ausgezogen, um für eine neue Schafhürde eine achtzehn Meter hohe Fichte zu fällen. Die Axtschläge waren weithin zu vernehmen. Dann war der große Baum infolge eines unerwarteten Windstoßes umgekippt und auf Rob gestürzt. Nur der tiefe Schnee hatte ihn vor dem sofortigen Tod bewahrt.

Der Bursche lag in tiefer Bewußtlosigkeit da und atmete unregelmäßig. Sämtliche Reflexe der unteren Gliedmaßen fehlten, das bedeutete totale Lähmung der Beine. Und unter der großen Geschwulst auf seinem Rückgrat nahm ich eine deutliche Krepitation wahr — drei, wenn nicht vier Brustwirbel waren zerschmettert.

In jenen ersten Tagen meiner Praxis hatte ich noch nicht gelernt, die Maske ärztlicher Zurückhaltung zu tragen, und als ich voll Mitleid und

Bedauern aufstand, mußte meine Miene wohl den anderen den Ernst der Lage mitgeteilt haben. Doch bevor sie mich noch zu einer Äußerung veranlassen konnten, drängte ich sie zur Tätigkeit. In Decken eingewickelt wurde der wie leblose junge Mann auf einen improvisierten Schlitten gelegt und behutsam in das Dorfspital gebracht. Dann stürzte ich ans Telefon. Dieser Fall verlangte das Äußerste an chirurgischer Geschicklichkeit und Erfahrung; ich entschied mich, einen Spezialisten aus dem Victoria Hospital in Glasgow herbeizurufen.

Und nun fiel der erste Schlag: die Telefonistin des Dorfes teilte mir mit, daß sämtliche Telefonleitungen in südlicher Richtung vom Sturm zerstört worden waren. Verzweifelt setzte ich ihr die näheren Umstände auseinander.

Es bestand noch die eine Möglichkeit, sagte die Telefonistin, daß sie den Eisenbahnknotenpunkt Stinchar, an die zwanzig Kilometer weit jenseits des Moors gelegen, erreichen könne, von wo der Stationsvorstand vielleicht per Bahntelegraf eine Botschaft vermitteln konnte. Nach einer Verzögerung, die mir endlos vorkam, erhielt ich die Verbindung. Ich erfuhr vom Stationsvorstand, daß nicht nur der Telegraf nicht mehr funktionierte, sondern daß auch die Bahnstrecke durch Schneewehen völlig blockiert war. Wir waren von der Außenwelt abgeschnitten.

Wie betäubt kehrte ich zu der kleinen Familiengruppe zurück und setzte ihr stockend die Situation auseinander.

Nach einem langen Schweigen sagte Robs Vater

mit ruhiger, nicht im mindesten zögernder Stimme: »Dann müssen *Sie* eben tun, was getan werden muß, Herr Doktor.«
Ich fiel aus allen Wolken. Wußte er, was er da Unmögliches von mir verlangte? Mir eine so heikle Operation wie eine Brust-Laminektomie zuzumuten, streifte an Wahnsinn.
Ich starrte den alten Bauer, Robs Mutter und seine schmerzgebeugte junge Frau verstört an. Ich war der einzige erreichbare Arzt. Wie konnte ich diesen einfachen Leuten abschlagen, was sie als letzte Rettung des geliebten Sohnes, des jungen Ehegatten ansahen? Ich wandte den Kopf ab, damit sie nicht die Angst in meinen Augen bemerkten, und ging in den Operationssaal.
Dieser war nicht mehr als ein Anbau an den einzigen kleinen Krankensaal, makellos sauber, aber ohne geeignete Beleuchtung; die übrige Ausstattung entsprechend. Der kaum atmende Patient lag, den Rücken nach oben gekehrt, auf einem mit einem weißen Laken bedeckten Holztisch. Die Spitalsschwester, eine kleine ältliche Hochländerin, tropfte Äther auf die Gazemaske. Und mit einemmal begann ich, wie unter einer Halluzination stehend, Jod auf der versehrten Körpergegend aufzutragen, langte unsicher nach dem Skalpell. Doch im Augenblick, da ich mich zum ersten nervösen Einschnitt zwang, vernahm ich die kalte, verächtliche Stimme meines ehemaligen Chefs: »Aus Ihnen wird nie ein Chirurg.«
Und dann geschah das Sonderbare — wie oder warum, weiß ich nicht. Vielleicht sprang ein ein-

samer, noch nicht erloschener Funke plötzlich in mir auf. Denn ich wurde mir eines innerlich schwelenden Zornes bewußt — eines Zornes gegen mich selbst und meine lahme Fügung in die Niederlage. Die quälende Vision meines einstigen Mentors löste sich auf, und an ihre Stelle traten die Gesichter jener schlichten Landleute, die ihr Vertrauen auf mich gesetzt hatten.

Eine Welle der Entschlossenheit schwemmte meine lähmende Unsicherheit hinweg; vielleicht war's auch der Mut der Verzweiflung. Ich holte tief Atem und machte mich ans Werk, resezierte die beschädigten Muskeln, entfernte das ausgetretene Blut, band die zerrissenen Arterien ab. Wenn ich auch erschauerte, als ich das volle Ausmaß der Verletzung erkannte — komplizierter Bruch von vier Brustwirbeln, deren Knochenfragmente sich in das Rückenmark eingedrückt hatten —, gab ich nicht auf. Wissend, daß ein einziger falscher Ansatz der Knochensäge verhängnisvolle Folgen haben würde, machte ich mich daran, die tödlichen Druckstellen zu entfernen, indem ich die Wirbelbogen durchtrennte. Dann begann ich rein gefühlsmäßig die freigelegten Knochensplitter zusammenzusetzen; es war, als versuchte man im Finsteren die Stücke eines Puzzlespiels ineinanderzufügen.

Nach einer Stunde angestrengtester Arbeit war die Rekonstruktion geschafft. Die Atmung des Patienten schien sich zu beleben. Dann — ich hätte es nie zu hoffen gewagt — regte sich Rob leicht auf dem Tisch und seine unteren Gliedmaßen zuckten schwach. So erschöpft ich war — bei diesem Beweis, daß die Lähmung verschwunden war, hätte ich fast aufgeschrien. Binnen zwanzig Minuten war er in Gips gelegt und ins Bett gebracht worden. Dann begab ich mich schwindlig, aber von einem großen Wohlgefühl getragen, zu der kleinen Gruppe, die in der Eingangshalle des Spitals wartete. Wie schön war es, sagen zu können: »Ich hoffe, er wird's schaffen.« Und er schaffte es wirklich. Drei Monate später verließ Robin Blair das Spital völlig geheilt, wenn auch auf wankenden Beinen.

In den folgenden Jahren erlebte ich noch so manche Freude und Genugtuung. Doch wenn ich Rückschau halte, erscheint mir jener schreckliche Augenblick, da ich von Furcht gelähmt neben dem zerschmetterten Körper eines Mannes stand, dem ich nicht helfen zu können vermeinte, als die fruchtbarste Erfahrung meines Lebens. Sie lehrte mich, die Furcht abzutun, die Entmutigung und die Angst vor einem Versagen zu überwinden. Nie mehr wieder sagte ich: »Das kann ich nicht«, sondern bloß: »Ich will mein Bestes versuchen.«

Ich hatte die allerwichtigste Lektion gelernt: Sobald man, selbst wenn alles verloren scheint, standhaft einen Versuch unternimmt, kann man noch der Vernichtung einen Sieg entreißen.

Die Erzählung des Bürgermeisters

Es war Silvesterabend, und im »Philosophischen Klub« von Levenford wartete eine große Versammlung auf den Anbruch des neuen Jahres. Klubmitglieder gaben ihre Zurückhaltung gegenüber den geladenen Gästen auf, verzichteten auf tiefschürfende Debatten und ließen sich herab, die kommenden Stunden in heiterer Geselligkeit zu verbringen. Viele Lieder waren bereits gesungen und viele Geschichten erzählt worden, dazwischen plätscherte das Gespräch behaglich weiter. Dann aber trat mitten im fröhlichen und sorglosen Treiben eine Stockung ein. Der alte John Leckie hatte das Wort ergriffen.

Leckie, vor mehr als dreißig Jahren Bürgermeister des Marktfleckens, war jetzt ein hochbetagter, schweigsamer Achtziger, der den Klub nur zu besonderen Anlässen besuchte — wenn es galt, ihn durch die Anwesenheit des ältesten Mitglieds zu ehren. Dann saß er in dem ihm reservierten Winkel, würdevoll und zurückhaltend.

Aber im gegebenen Augenblick meldete er sich dennoch zu Wort; so hatte er jetzt ein Gespräch abgeschnitten, das den letzten Wetterumschwung in Levenford kritisierte, und gesagt:

»Ihr sprecht über das Tauwetter. Nun, ich kann euch eine Geschichte über ein Tauwetter vor lang

vergangener Zeit erzählen, obgleich sie nicht nur allein mit dem Wetter zu tun hat.«
Die Anwesenden murmelten ein paar Worte höflicher Ermunterung; nach einer Pause nahm er die Pfeife von den Lippen, ließ seine wäßrigen, erinnerungsschweren Augen über die Zuhörer schweifen und begann zu erzählen.

Heut' abend gibt's nicht mehr viele unter uns, die sich an Martha Lang erinnern werden, aber zu ihrer Zeit war keine Frau hier in Levenford besser bekannt. Gegen Ende des vergangenen Jahrhunderts besaß sie einen kleinen Tabakladen an der Ecke Church Street — Dobbie's Loan.
Um dieses Haus war's geschehen, als man die Straße vor mehr als zwanzig Jahren verbreiterte, um die Straßenbahn näher in die Stadt zu bringen: aber dort lag nun mal Marthas Laden.
Einige nannten sie »Schwarze Martha«, andere wieder »Bibelmartha«, aber das, wohlgemerkt, nur hinter ihrem Rücken, denn niemand hätt's gewagt, sich in Martha Langs Anwesenheit eine Freiheit herauszunehmen.
Sie war nicht sehr groß, eher das Gegenteil. Ihr Haar war tiefschwarz und straff von der Stirn zurückgekämmt, und sie war auf das einfachste gekleidet, in schwarzen Serge, so daß man hätte meinen können, sie sei eine Frau, der man keinen zweiten Blick schenkt.
Ay, sie war wie ein Schatten im trüben Licht ihres Ladens, aber ihr Geist war alles andre als ein Schatten. Ihr blasses, schmales Gesicht mit

den zusammengekniffenen Lippen hatte einen Ausdruck, der einen verschreckte und einschüchterte, ein bitterer Ausdruck war's, und er brannte wie Feuer aus ihren Augen unter den dunklen Brauen hervor. Manche Leute fürchteten sich vor ihr und viele haßten sie, aber alle stimmten überein, daß sie eine rechtschaffene und anständige Frau war. Ay, sie gehörte zu den »Erlösten« und war stolz darauf.

Sehr viel Staat machte der Laden nicht her. Das Schaufenster war klein — die Scheibe aus grünlichem Glas mit Schlieren — und so niedrig, daß es unter der Figur eines Ostindien-Mannes, die darüber hervorragte, wie zusammengequetscht aussah; es enthielt bloß drei gelbe Blechdosen, die Spalier standen. Die Tür war sperrig und machte »Ping«, wenn man sie öffnete.

Drinnen war's düster. Wie ein alter Apothekerladen sah die Bude aus mit ihrem Ladentisch, der kleinen Messingwaage und der Reihe blau-weißer Delfter Krüge; still und streng, zu kalt im Winter, zu heiß im Sommer — kein Ort, an dem man länger verweilen mochte.

Neben dem Laden war die Küche von Marthas Haus. Das eine Fenster ging in die Dobbie's Loan, das andere durch die Trennwand — eine Art Guckloch, sozusagen —, um vom Laden in die Küche oder umgekehrt sehen zu können, wie die Umstände es eben erforderten.

Die Küche war ganz gewöhnlich. Eine große Anrichte mit blauem Porzellan drauf, drei Zinndeckel an der Wand, in ihnen ein trüber Widerschein des Herdfeuers, eine alte Pendeluhr, zwei

Bibelsprüche, ein abgeschabter, blankgeschrubbter Tisch, ein paar grade Stühle und ein endlos langes Roßhaarsofa — das war die ganze Einrichtung. Aus der Küche führte eine schmale Stiege, steil wie eine Leiter, zu den beiden Schlafzimmern im Oberstock hinauf.

Zu der Zeit, von der ich spreche, lag Marthas Mann schon gute fünfzehn Jahre unterm Rasen — eine lange Zeit. Ein Kind war ihr geblieben, ein Junge namens Geordie. Als Martha Witwe wurde, war er drei Jahre alt, und so mußte sie ihn allein aufziehen. Und wie sie ihn aufzog! Streng war kein Ausdruck für die Art, wie sie ihn behandelte. Nie schimmerte ein Funke von Zärtlichkeit in ihren freudlosen Augen. Für diejenigen, die sie deshalb zur Rede zu stellen wagten, hatte sie die rechte Antwort parat und stopfte ihnen mit Zitaten aus den Sprüchen Salomos den Mund. Ay, in allem und jedem war sie streng und unerbittlich zu ihm.

Ja, so war das mit Martha und ihrem Sohn, und zur Zeit der schrecklichen Sache, auf die ich noch zu sprechen komme, war Geordie eben achtzehn Jahre alt geworden. Er war ein stämmiger Bursche mit breiten Schultern, kräftigen Händen an den baumelnden Armen, und hatte ein offenes, freundliches Gesicht. Und doch lag darin etwas Leeres und Einfältiges, als wäre ihm in der Kindheit etwas von seinem Schneid herausgeprügelt worden. Er war technischer Lehrling und lernte sein Handwerk in der Schiffswerft.

Im Winter 1895 hatte bitterer Frost das Land in seinem Griff. Die Straßen waren wie aus Eisen, der Teich zugefroren; in manchen Nächten gab's Eis im Wasserkrug, und die Hafergrütze wurde kalt, bevor man sie noch ausgelöffelt hatte.

Zwei Tage vor Weihnachten stand ich um etwa halb sieben Uhr abends in Marthas Laden, um meine Unze Tabak zu kaufen, als Geordie eben aus der Küche kam. Als Martha ihn sah, kippte sie mit einer scharfen Bewegung den Deckel über den Krug.

»Wohin gehst du?« fragt sie in ihrem üblichen scharfen Ton.

»Ich möcht' gern eine Runde drunten auf dem Teich drehen«, antwortet er verlegen. Schlittschuhe baumeln an den Senkeln in seiner Hand.

»Warst du denn nicht schon gestern abend dort«, schnappt sie zurück, »und findest du nichts Nützlicheres zu tun?«

Er murmelte entschuldigend, es mache ihm solchen Spaß, und sie hielt die ganze Zeit ihre Augen finster gesenkt. Dann hob sie mit einemmal den Kopf. Es war, als jagte sein Anblick ihr Furcht ein.

»Sei also dann vor neun Uhr zurück«, sagte sie streng, »und treib dich nicht in schlechter Gesellschaft herum.«

Geordie trottete hinaus, und da wir denselben Weg hatten, gingen wir gemeinsam die Straße hinunter. Trotz der Kälte war's eine prächtige Nacht. Die Straßenlampen hatten rings um ihre Kugeln einen weißen Kranz wie aus Rauhreif; der Mond stand in seinem ersten Viertel, er steckte

wie eine Brosche hoch oben am Samthimmel; das Klingeln von Geordies Schlittschuhen — sie waren von seinem Vater auf ihn gekommen, sonst hätte er nie welche besessen — machte dazu eine schöne, helle Musik.
Er lief schrecklich gern Schlittschuh, müßt ihr wissen, und war ein famoser Eisläufer. In Levenford gab's nicht seinesgleichen.
An der Ecke vom Marktplatz verabschiedeten wir uns, er ging zum Teich und ich zu meinem warmen Herd.

Zwei oder drei Tage lang sah ich Geordie nicht. Weihnachten ging vorbei, und die ganze Zeit hielt der Frost an. So konnt's nicht lange bleiben, sagten die Leute und stampften mit den Füßen, wenn sie an der Straßenkreuzung zu einem kurzen Plausch verweilten; er würde schnell umschlagen wie alle diese bitteren Fröste. Aber er hielt dennoch an. Bitterkalt und grimmig hielt er an, und Mitte der Woche kam aus Darroch die Kunde, daß der See über und über zugefroren sei — so was war seit sieben Jahren nicht mehr passiert.
An diesem Tag stand ich wieder einmal in Marthas Laden. Ich war früher dran als sonst, von der Schiffswerft her hatte die Sirene eben halb sechs getutet. Ich hatte meine Unze schon eingesteckt und bezahlt, blieb aber noch, um ein paar Worte mit Martha zu reden — nicht daß mich das besonders freute, aber als Bürgermeister mußte ich mehr als ein anderer dazu sehen,

daß ich Martha keine Gelegenheit gab, ihre bittere Zunge an mir zu wetzen.
Sie war hinter dem Ladentisch in ihr endloses Strickzeug vertieft, und ich stand in der entgegengesetzten Ecke, da geht, ping, die Tür auf und Geordie kommt herein. Ich stand mehr oder weniger im Schatten, und er war so voll von dem, was er zu sagen hatte, daß er mich nicht sah, und er platzt heraus: »Der Loch ist zugefroren, Mutter, und bis zur Insel Ardmurren gibt's dickes Eis.«
»Und wer von uns beiden hat was davon?« fährt ihm Martha über den Mund und strickt emsig weiter.
Geordie blickt verlegen auf seine großen Stiefel hinunter.
»Das Wettlaufen!« bricht es aus ihm hervor.
»Das Wettlaufen!« wiederholt sie scharf, als traue sie ihren Ohren nicht. Sie legt das Strickzeug beiseite und starrt ihn aus ihren schwarzen Augen an.
»Du weißt doch, Mutter, es geht um das Winton-Geweih«, fährt Geordie stotternd fort. »Ich soll mithalten. Du hast doch nichts dagegen?«
Nun erst erfaßte ich, worauf Geordie aus war. Er meinte das Wettlaufen auf dem Eis von Markinch rund um die Insel Ardmurren und wieder zurück. Es war hierzulande ein historischer Wettkampf, vom vierten Earl von Winton vor langer, langer Zeit ins Leben gerufen — manche sagen sogar, er fand zum erstenmal statt, als Rob Roy noch in der Blüte seiner Jahre stand —, und der Earl hatte eine Art Siegespreis gestiftet, ein

auf einem Eichenbrett montiertes Hirschgeweih samt silberner Plakette. Obwohl das Wettlaufen nur selten stattfinden konnte, hatte sich die alte Sitte erhalten, und einige Leute machten großes Aufhebens davon.

Jedenfalls konnt' ich sehen, daß Martha die Worte ihres Sohnes übel aufnahm, denn sie blickte ihn grimmig an und rief:

»Bist du denn ganz von Gott verlassen?«

»Aber ich bin als der Beste in der Stadt ausgewählt worden«, erklärte Geordie, »und es ist schon zu Silvester. Ich kann nicht absagen. Es ist — es ist eine Ehrung.«

»Eine Ehrung nennst du das?« fauchte ihn Martha an. »Eine Entehrung, eine schwarze Schande solltest du's nennen! Liegst du denn noch in den Windeln, daß du nicht weißt, was das bedeutet? Ein Treffen der Gottlosen dieses Landes ist's! Ein Radauschlagen und Saufen verderbter und sündiger Männer. Und zudem ein Wettkampf, bei dem die Handlanger des Bösen leichtfertige Wetten auf den Sieger abschließen. Oh, ich erinnere mich noch gut daran aus früheren Tagen, bevor die Gnade über mich kam.«

Sie rang nach Fassung.

»Nein, nein! An einem solchen Possenspiel bei hellichtem Tag wirst du nicht teilnehmen, da sei Gott vor.«

»Aber Mutter, ich werd' weder wetten noch trinken«, bettelte Geordie. »Ich will doch bloß für die Stadt eislaufen.«

»Kannst du Pech anrühren, ohne dich zu besudeln?« rief Martha.

Geordie schob die Unterlippe vor wie ein trotziger Schuljunge.

»Warum fällst du so über mich her?« murrte er. »Du behandelst mich, als wär' ich ein Hund.«

Marthas Gesicht verzerrte sich.

»Hinein mit dir!« schrie sie, auf die Küche weisend. »Du wirst an keinem Wettkampf teilnehmen! Und schwarze Schande, brennende Schmach über dich, der du wagst, die Stimme gegen deine Mutter zu erheben.«

Er warf ihr einen verschreckten Blick zu, senkte, so groß er war, den Kopf und schlich hinaus, wie sie's ihm geschafft hatte. Als er gegangen war, holte Martha durch die aufeinandergepreßten Zähne tief Atem. Ihr Gesicht war grau, aber voll Triumph, das Gesicht einer Frau, die sich selbst züchtigt, doch bittere Lust an dieser Züchtigung findet.

Nun, die Woche ging weiter, und mit ihr der Frost, und gegen das Wochenende zu schien er seinen Griff noch zu verhärten, wie ein Sterbender in seiner letzten Zuckung. Am dreißigsten Dezember kamen ein paar dünne Schneeflocken vom bleischweren Himmel heruntergeweht. Die Leute prophezeiten ein weißes Jahresende, aber der Morgen des letzten Tages im alten Jahr war klar, und vom Schnee war nicht mehr übriggeblieben als das, was sich in Ritzen und Winkel verkrochen hatte, ein bißchen Streuzucker. Die Sonne kam rund und rot herauf, als schämte sie sich, so lang ausgeblieben zu sein. Aber als sie

höher in den Himmel stieg, ay, da schien sie hell und prächtig.
Es war, wohlgemerkt, der Tag des Eiswettlaufs. Obwohl ich an der ganzen Sache nicht sehr interessiert war, sagte ich doch zu, als Amtmann Weir mich fragte, ob ich mit ihm in seinem neuen Gig nach Markinch fahren wolle. Es kam eben ein Ding zum andern: der schöne Tag und die Vorfreude auf Silvester. So machten wir uns nach dem Mittagessen auf den Weg. Viel zu früh kamen wir in Markinch an. Die einzige Straße des Dorfs — sonst so leer, daß ein Hund ruhig mittendrin seinen Schlaf halten konnte — war schwarz von Leuten, die sich lachend und stoßend vorwärtsschoben, um zum vereisten Ufer des Loch zu gelangen. Da und dort hatte man auf dem zugefrorenen See Buden aufgestellt, und rings um diese Stände versammelten sich die Leute in recht aufgeräumter Stimmung, wie ihr euch vorstellen könnt.
An die zweihundert Menschen drängten sich da zusammen — eine große Menge, genaugenommen, und darunter waren auch etliche Personen von Stand.
Als der Beginn des Wettlaufs näherrückte, schlugen Heiterkeit und Erregung immer höhere Wellen. Um drei Uhr traten die Wettläufer aus ihrem Zelt auf den freien Raum hinaus, der die Startlinie bildete — sechs junge Männer, die ausgesucht besten Eisläufer des Distrikts — und begannen auf ihren Schlittschuhen Kreise zu ziehen oder kurze Strecken entlangzusausen, um ihre Beine zu lockern.

Als ich sie sah, fielen mir, ob ihr's glaubt oder nicht, fast die Augen aus dem Kopf, denn Geordie war unter ihnen. Ich konnt's kaum fassen, doch es war so. Geordie Lang war da! Er hatte was Eigenes, Nervöses an sich, als wär' er gleichzeitig froh und bekümmert, da zu sein. Wie gesagt, er war ein großer, fester Bursche, aber jetzt sah er so verschreckt und verwirrt aus, als wüßt' er um alles in der Welt nicht, wie er nach Markinch gekommen war.

Der Amtmann und ich gingen zu ihm hinüber und sprachen ihn an.

»Na, wie fühlst du dich, Geordie?« forschte Weir. Ich hatte Weir nicht erzählt, was ich wußte, er gehörte auch nicht zu Marthas Kunden.

»Nicht schlecht, danke, Mister Weir«, sagt Geordie tonlos.

»Seid ihr alle bereit? Ihr könntet euch keinen bessern Tag dafür wünschen.«

»Gut oder nicht, ich werd's nie im Leben schaffen«, sagt Geordie ebenso dumpf.

Der Amtmann lachte und schlug Geordie auf den Rücken.

»Du hast schon die halbe Schlacht gewonnen, wenn du deine Mutter herumgekriegt hast«, sagte ich so nebenher. »Ich hab' schon gefürchtet, sie würde dich nicht antreten lassen.«

Geordie antwortete nicht. Er hörte mich recht gut, tat aber so, als hätt' er mich nicht verstanden; doch ich sah, wie seine sandfarbenen Brauen zuckten. Da wußte ich, daß er ausgebrochen und gegen Marthas Willen davongelaufen war, um am Wettkampf teilzunehmen. So war's auch. Er war geradewegs von seiner Arbeit gekommen und zum Mittagessen nicht zu Hause gewesen. Er war eben in das Eislaufen so vernarrt, unser Geordie. Aber meiner Seel, mir tat der arme Junge von Herzen leid, wenn ich daran dachte, wie er daheim aufgenommen werden würde, ob als Sieger oder nicht, ob mit oder ohne Geweih.

Mittlerweile redete Weir weiter.

»Gib acht, wenn du die Insel umläufst«, schärfte er Geordie ein und hob den Finger. »Mach keinen zu großen Bogen, sonst verlierst du Zeit.«

Wir drei blickten nach Ardmurren hinüber; die Insel sah wie ein düsterer Berg aus, der sich inmitten einer Einöde erhebt. Fast drei Meilen entfernt lag sie inmitten des Loch, aber im starken Licht konnte man sie so deutlich ausnehmen, daß man fast die roten Beerenbüschel auf den fernen Stechpalmstauden sah.

»Und halt dich immer in der Mitte«, fuhr der Amtmann fort und machte eine Handbewegung, als wüßte er Bescheid. »Dort findest du das glatteste Eis.«

Geordie nickte teilnahmslos, als wollt' er sagen: »Jetzt ist sowieso schon alles egal«, tatsächlich aber sagte er: »Ich will mein Bestes tun. Mehr kann ich nicht.«

»Na, dann Glück auf, mein Junge«, rief Weir; und was konnte ich schon andres tun, als dem Weglaufenden dasselbe zu wünschen?

Jetzt ging's an den Start; die sechs Burschen waren aufgereiht — ihre Plätze hatten sie durch Ziehen von Strohhalmen erhalten —, und die Menge war ruhig und gespannt. Geordie stand gebückt und mit zusammengepreßten Lippen da, ich konnte den kalten Schweiß auf seiner Stirn sehen. Ob berechtigt oder nicht — ein Schauer überlief mich, wenn ich ihn anblickte. Ich konnt' meine Augen kaum von ihm wenden.
Zwei der anderen Eisläufer kannte ich dem Namen nach. Der in der Mitte — man nannte ihn allgemein den Großen Callum — war ein Athlet, der sogar bei den Sportwettbewerben in Luss Medaillen im Eisschießen gewonnen hatte; er schien nicht im geringsten aufgeregt. Neben ihm stand Dewar, ein baumlanger Kerl; er zog seinen Gürtel fester und kaute Tabak, um sich zu beruhigen. Die übrigen drei Burschen an der Startlinie galten als nicht sehr aussichtsreich, aber sie wollten eben, wie man sah, einen Versuch wagen.
Na, endlich war's soweit. Colquhoun, der Förster, eröffnete den Start, indem er sein Gewehr an die Schulter legte und die Mündung himmelwärts richtete. Die Menge hielt den Atem an. »Seid ihr bereit, Jungens?« ruft Colquhoun. Ich sah noch, wie Geordie die Zähne zusammenbiß und die roten Hände ballte, dann machte das Gewehr »Bang«. Die Schlittschuhe knirschten auf dem Eis. Weg waren sie.
Die Menge brüllte. Der Start war gut gewesen,

die sechs Burschen schossen die Strecke in gleichmäßigem Abstand und in gerader Reihe entlang. Sie fegten über den weiten offenen Raum dahin, schweiften wie eine Schar Vögel über einem glasklaren Meer, und das Gleiten ihrer Schlittschuhe klang wie das Rauschen von Flügeln.
»Ein schöner, fairer Start!« rief jemand. »Das hat aber nichts zu bedeuten.«
Nein, die erste Meile geschah auch nichts Besonderes; dann jedoch begann sich Callum allmählich von den übrigen abzusetzen. Er war kein sehr guter Eisläufer, aber kräftig, und er schoß in wildem Vertrauen auf seine starken Beine vorwärts.
»Callum führt! Mit zehn Yard Abstand!« rief der Förster, der den Feldstecher an die Augen gepreßt hatte.
Die Menge gab seinen Ruf weiter.
»Dewar ist Zweiter!« rief Colquhoun neuerlich, »und die übrigen kleben aneinander.«
Eine weitere Meile blieb's dabei; dann schossen sie auf Ardmurren los wie ein Pfeil auf die Zielscheibe. Vor der Insel bildeten sie eine lange Kolonne, aus der die sechs ausbrachen, um zu ihrer Umrundung anzusetzen. Ein Seufzer stieg wie ein Windhauch aus der Menge hoch, als sie außer Sicht kamen. Dann erhob sich abermals Gebrüll, als der erste wieder sichtbar wurde.
»Callum hat's als erster geschafft! Callum führt!«
Neben mir hatte sich Amtmann Weir auf die Zehenspitzen gestellt. War er sonst schon nicht

eben blaß zu nennen, so war er jetzt purpurrot angelaufen.
»Haben Sie's bemerkt?« ruft er mir zu. »Lang hat die Kurve ausgenützt. Jetzt liegt er innen, wie ich's ihm geraten hab'.« Weit, weit entfernt konnte ich sehen, daß Geordie an dritter Stelle lag, hinter Dewar und Callum. Die übrigen konnten mit diesem Tempo nicht Schritt halten. Zwischen den beiden Gruppen lag eine große Distanz. Aber Geordie kam mit den leichten Schwüngen seiner schlaksigen Beine gut voran. Kein Zweifel: er war wirklich ein famoser Eisläufer.
Die Menge war die ganze Zeit richtig aufgewühlt, aber irgendwie gelang's mir nicht, mitzumachen. Etwas lastete auf mir; ich konnt' bloß nicht erfassen, was es war oder warum, aber ich war halb verwirrt und halb ängstlich.

Nun, sie kamen langsam näher und näher. Auf halber Strecke heimwärts konnte man trotz der großen Entfernung merken, daß Callum ermüdete. Dewar schoß ihm nach, war ihm knapp auf den Fersen, holte mit seinem kurzen Laufstil auf. Callum spurtete, konnte den andern aber nicht mehr abschütteln. Kopf an Kopf kamen die beiden näher. Dann begann Callum nachzulassen. Die Menge war wie im Fieber — die eine Hälfte brüllte Callums Namen, die andere Dewars — und vergaß, von den beiden so sehr in Anspruch genommen, auf Geordie zu achten. Aber der Amtmann hatte ihn im Auge behalten.
»Sehen Sie sich ihn doch an!« ruft er außer

sich. »Er holt auf!« Tatsächlich: Geordie griff mit seinen langen Beinen aus und kam wie ein Sturmwind dahergewirbelt.
Die Levenforder, die natürlich einen der Ihren als Sieger sehen wollten, gerieten in wilde Erregung.
»Geordie!« brüllten sie. »Lauf, Geordie, lauf!«
Geordie konnt' sie zwar nicht hören, aber er lief und lief, und bevor man noch einmal mit den Augen zwinkerte, flog er so schnell an Callum und Dewar vorbei, daß die beiden richtig zurückzufallen schienen. Zwei, fünf, zehn Yard lag er schon vor ihnen. Ay, eine Meile von seinem Ziel entfernt, war er an die zwanzig Yard voraus.
»Geordie! Geordie Lang!« schrien die Levenforder jubelnd und warfen die Mützen hoch.
Nun, wie ich euch schon sagte — und es ist die nackte Wahrheit —, ich war inmitten des ganzen Gebrülls seltsam bedrückt. Und je lauter die Leute schrien, desto schlimmer wurde es mit mir. War's der Gedanke an Martha, oder war's dieser sonderbare Ausdruck auf Geordies Gesicht — ich kann's nicht sagen, aber Gott ist mein Zeuge, daß mich eine eiskalte Ahnung beschlich, es würde etwas Entsetzliches geschehen. Und es geschah auch.
Nur eine halbe Meile von uns entfernt — Geordie war den anderen weit voran — ertönte ganz plötzlich und unvorhergesehen ein Krach, bei dem einem das Herz stillstand, ein schauerlicher Krach wie beim Weltuntergang, und er durchschnitt den Jubel wie mit einem Messer.
Gott weiß, es hat schon viele Geschichten über

brechendes Eis und ertrunkene Eisläufer gegeben, aber diesmal war's anders, so anders, wie Himmel und Hölle unterschieden sind.
Mit eigenen Augen hab' ich's gesehn, und noch in der Erinnerung überläuft mich ein Schauder. Das Eis brach, und Geordie sackte ab wie ein Stein. In der einen Minute schlug er noch wie ein Vogel um sich — in der nächsten war er in einem ausgezackten Loch verschwunden, aus dem schwarzes Wasser gurgelte wie brandiges Blut. Die andern, die hinter ihm kamen, flogen wie toll vorbei. Geordie allein ging unter.
Das alles geschah in einer Sekunde, in einem Atemzug. Die Menge schnappte zuerst nach Luft, dann stöhnte sie auf, dann brach sie in einen grauenvollen Entsetzensschrei aus. Weirs rotes Gesicht wurde weiß wie ein Leintuch.
»Allmächtiger!« ruft Colquhoun, schleudert sein Gewehr weg und beginnt über das Eis zu laufen. Viele fürchteten sich, es ihm nachzutun, und zogen sich rasch ans Ufer zurück, aber einige von uns folgten doch dem Förster.
Oh, es war schrecklich, schrecklich war es. Als wir die Stelle erreichten, war von Geordie nichts mehr zu sehen, und wenn man versuchte, sich dem abgebrochenen Rand zu nähern, begann das Eis zu krachen, daß selbst der Beherzteste den Mut verlor. Vom Dorf stürzte man mit Seilen und einer Leiter herbei, aber von Geordie zeigte sich nichts. Da riß sich Callum seine Schlittschuhe herunter. Er hatte Geordie gut gekannt, und die Sorge um ihn machte ihn halb wahnsinnig.
»Ich krieg' ihn«, ruft er. »Ich krieg' ihn!«

Nun, man band ein Seil um Callum, und nachdem er die Leiter entlanggekrochen war, stieg er ins eisige Wasser. Die tapferste Tat, die ich je gesehen hab'. Einmal, zweimal, dreimal ließ er sich hinab. Und als er nach dem dritten Mal heraufkam — mit weißem Gesicht, klappernden Zähnen und nassen Haarsträhnen über der Stirn —, da hielt er Geordie in den Armen.

Nie hab' ich einen solchen Aufschrei gehört wie damals. Doch es war ein Schrei der Erschütterung, nicht der Freude, denn alles war vergebens. Geordie war tot. Wir versuchten alles Mögliche, eine volle Stunde lang alles nur irgend Mögliche, nachdem wir ihn ans Ufer geschafft hatten, aber es nützte nichts mehr. Beim Untergehen mußte sein Kopf an das Eis aufgeschlagen sein — doch was immer die Ursache war, nun lag er kalt und leblos am Ufer des Loch.
Ach ja, es war eine traurige Sache, und es entstand gewaltiges Geschrei unter den Leuten. Der eine sagte dies, der andre jenes. Große Anklage wurde gegen Colquhoun erhoben, der für alles die Verantwortung trug und gesagt hatte, daß die Bahn in Ordnung sei. Der Förster war fassungslos und schwor ein über das andre Mal, daß er noch an diesem Vormittag zweimal in Ardmurren drüben gewesen sei. Ay, das stimmte. Aber er hatte nicht daran gedacht, rund um die Insel zu gehen und mittwegs zurückzukommen. Dort war nämlich das Eis am dünnsten, und die Sonnenwärme hatte ihm den Rest gegeben.

Nun, geschehen war geschehen, und das endgültig; es war weder die Zeit noch der Ort dafür, mit bitteren Worten um sich zu werfen. Und als Bürgermeister hatte ich ein Wort mitzureden. Ich brachte alle zum Schweigen, und schließlich und endlich wurde das, was vom armen Geordie übriggeblieben war, auf einen Lastwagen gelegt und zugedeckt, wie sich's gehört. Dann brachen wir auf, um nach Levenford zurückzufahren, Weirs Gig an der Spitze.

Gott, wenn man bedenkt, wie flott wir im Sonnenschein hinausgefahren waren, war diese Heimkehr eine traurige, traurige Angelegenheit. Kein einziges Wort wechselten der Amtmann und ich auf dem ganzen Rückweg. Jetzt galt es nämlich, an Martha zu denken; ay, und es ihr beizubringen. Nicht, daß ich mich vor ihrem Schmerz fürchtete. Nein. Ich bin jetzt ein alter Mann und kann offen sprechen. Ich fürchtete mich vor ihrer gallbittern Zunge.

Während wir uns Levenford näherten, hatte sich der Himmel bewölkt und ein feiner Regen einzusetzen begonnen. Ihr könnt euch vorstellen, daß ich wenig Geschmack an der mir bevorstehenden Aufgabe fand, und als wir in die Church Street einbogen, nahm ich den Pfarrer wahr, der langsam die Straße entlangschritt. Es war gerade die Stunde seines Sonnabendbesuchs bei Martha, und sobald ich ihn bemerkt hatte, rief ich ihn an und bat ihn, innezuhalten.

Der Pfarrer war ein kleiner Mann mit Brille und krummem Rücken, ein richtiger Buchgelehrter, aber trotzdem ein guter Mann, ay, sowohl auf der Kanzel wie auch außerhalb der Kanzel. Er war kein Angsthase, und als er erkannte, daß seine Pflicht ihm gebot, zu Martha zu gehen, biß er die Zähne zusammen und schritt mit mir auf den Laden zu.

Nun, ich will mich nicht besser machen, als ich bin. Ich war von dem, was ich auf dem See erlebt hatte, noch ganz durcheinander, und mir reichte das, was ich bisher ertragen hatte. Als der Pfarrer und ich den Laden betraten, schlug mir das Herz wie ein Hammer an die Rippen.

Martha war im Laden, wahrhaftig; sie stand hinter dem Tisch und wartete auf den Sohn, der ihr ungehorsam gewesen war. Man konnte ihr von den Augen ablesen, daß sie entschlossen war ihn zu züchtigen — nicht mit Ruten, nein, mit Skorpionen. Ay, und ehe wir noch den Mund auftun konnten, fiel sie über uns her. Als sie uns zusammen sah, argwöhnte sie, verdreht wie sie war, daß wir gekommen seien, ein gutes Wort für Geordie einzulegen.

»Es ist zwecklos, Herr Pfarrer«, rief sie, »es ist zwecklos, herzukommen und mich zu bitten, ihn nicht zu bestrafen. Er muß tragen, was über ihn verhängt ist.«

Ein Schauer überlief mich, als ich das hörte.

»Martha, Weib«, sagt der Pfarrer mit ruhiger Stimme, »Ihr müßt Eurem Sohn vergeben.«

»Nicht eher, als er auf den Knien zu mir gerutscht kommt«, stößt sie hervor, »nicht eher, als er mich um Vergebung angefleht hat.«

Ihre Augen durchbohrten ihn. Aber der Pfarrer wich nicht zurück.

»Ich fordere Euch auf, Martha Lang, Eurem Sohn zu vergeben«, wiederholt er. »Und tut es jetzt auf der Stelle, oder Ihr werdet es Euer Leben lang bereuen.«

Marthas Gesicht verzerrte sich, und sie spie die Worte heraus: »Nicht ehe ich ihn bestraft habe für das, was er getan hat.«

»Bestrafen werdet Ihr ihn nicht«, erwidert der Pfarrer mit gramvoller Stimme. »Das ist jetzt vorbei.«

Er teilte ihr mit, was geschehen war.

Es kam mir vor, als zuckte es in Marthas Wange, aber sie rief: »Das glaub' ich Euch nicht. Ihr erzählt mir da Lügen, um mich zu erschrecken und ihn in Schutz zu nehmen. Ich werde ihn trotzdem bestrafen.«

Kaum waren diese Worte aus ihrem Mund, da ging die Tür auf. Die Männer waren mit dem Lastwagen vorgefahren, und wegen der Menschenmenge, die sich draußen angesammelt hatte, und wegen des Regens hatten sie's für angezeigt gehalten, das hereinzutragen, was sie ohne Aufenthalt hergebracht hatten.

Als sie taumelnd eintraten, denn Geordie wog nicht wenig und es galt eine schwierige Stufe zu nehmen, stand ich wie gebannt da. Ich konnte meinen Blick nicht von Martha wenden. In einer Sekunde hatte sie alles erfaßt. Ihr Gesicht wurde steinern, ihre Augen klafften wie Wunden, ihr Blick war der einer Besessenen. Sie rührte sich nicht. Nein. Selbst als die Männer an ihr vorbei in die Küche schritten, stand sie wie erstarrt da und blickte auf die Wand, als kämpfte sie gegen ihren Atem an. Sie versuchten den armen Geordie ins Schlafzimmer hinauf zu tragen, aber es gelang ihnen nicht, ihn über die Leitertreppe nach oben zu bringen. Da öffnet Martha plötzlich die Lippen, um zu reden.

»Legt ihn hierher«, ruft sie laut und weist auf das Küchensofa.

Sie legen ihn nieder, wie geheißen.

»Und jetzt laßt mich allein«, ruft sie mit einer Stimme, die durch Mark und Bein geht. »Laßt mich allein.«

Gott, ich war froh, wegzukommen, das kann ich sagen. Der Pfarrer verließ als letzter den Laden. Er stand noch lange Zeit da und sah sie an, hob den Arm, ließ ihn wieder fallen, setzte zum Sprechen an, schwieg dann aber und trat endlich in den Regen heraus.

Keiner, der diesen Silvestertag in Levenford erlebte, vergaß ihn sein Lebtag. Die Leute schlichen auf der Straße dahin, als wären sie in der Kirche, und sprachen im Flüsterton. Ay, und wenn sie am Laden in der Church Street vorbeikamen, wagten sie überhaupt nicht mehr zu reden.

An diesem Abend waren wir eine trübselige Gesellschaft im Klub. Wie ihr wißt, ist es seit jeher üblich, daß seine Mitglieder das neue Jahr richtig feierlich begrüßen, wie wir das heute nacht tun; aber dieses eine Mal gingen wir vom Brauch ab.

Und in der Stadt war's dasselbe. Als die Glocke zwölf schlug, das alte Jahr hinaus- und das neue Jahr hereingeleitete, war kein Laut zu hören. Kein Schellen-, kein Hörnerklang, kein Gesang an der Straßenkreuzung — nur tödliche Stille. Und als der letzte Glockenschlag verklungen war, zogen wir unsere Mäntel an und gingen heim.

Draußen war's naß und öde und finster. Ay, das Tauwetter hatte richtig eingesetzt, und während wir durch die Straßen heimwärts platschten, konnten wir das Tropftropf des Wassers aus den Traufen und das Rieseln des Regens hören, der wie Tränen an den Fensterscheiben herunterrann.

Vier oder fünf von uns hatten denselben Weg, und als wir an der Ecke der Dobbie's Loan vorbeikamen, sahen wir einen schmalen Lichtspalt in der schwarzen Nacht klaffen. Es war kein helles, warmes Licht, wie es aus einem fröhlichen und ordentlichen Haus kommt, sondern ein blasses und trübes, und da wir wußten, daß es aus Marthas Küche kam, hatte es fast etwas Furchterregendes.

John Grierson war bei uns, der Spötter, den nicht so leicht etwas aus der Fassung brachte. Ihr werdet es vielleicht skandalös finden — aber er ließ sich's nicht nehmen, ans Fenster zu treten und hineinzulugen, um zu sehen, was da drinnen vorging. Und sosehr es uns gegen den Strich ging, folgten wir ihm und blickten mit ihm durch das unheimliche Fenster.

Was wir sahen, würdet ihr nimmermehr glauben, aber ich beschwör's auf das Evangelium. Der Raum war voll von Schatten, doch im dünnen Kerzenschein sahen wir Martha Lang wie eine Wahnsinnige auf und ab schreiten. Ay, sie war's, obwohl ich sie unter anderen Voraussetzungen nie erkannt hätte. Sie sah so eingeschrumpft aus, als wär' sie in sich selbst zusammengefallen, und ihr Haar war so weiß geworden wie frischgefallener Schnee. Sie rang die Hände, als wollte sie jemanden abwenden, und stöhnte die ganze Zeit Geordies Namen.

Die Bibel lag aufgeschlagen auf dem Küchentisch, und ein- oder zweimal machte sie eine Bewegung, als wollte sie sie aufnehmen und in ihr lesen. Aber sie konnt's nicht. Nein, sie konnt's nicht.

»Geordie! Geordie!« Immer wieder brach sie in diesen Ruf aus. Dann wandte sie sich plötzlich um und warf sich vor dem Sofa auf die Knie. Einen Arm legte sie um den Nacken ihres toten Sohnes, so daß sein Kopf wie der eines Kindes herüberfiel und auf ihrer flachen Brust zu ruhen kam, mit der anderen Hand begann sie sein kaltes starres Gesicht zu liebkosen und sein verklebtes Haar zu glätten.

Das Gesicht der Leiche blickte im flackernden Kerzenlicht mit einem so schaurigen Grinsen auf sie, daß ich mich entsetzt abwenden mußte. Doch Martha, die Schwarze Martha, begann auf ihren Knien, vor Gram verrückt geworden, vorwärts und rückwärts zu schaukeln.

»Geordie! Geordie!« schrie sie verzweifelt. »Ich hab' bis jetzt nicht gewußt, daß ich dich liebte, aber ich liebte dich, liebte dich wahrhaftig.« Sie wiederholte es immer wieder.

Keiner von uns regte Hand oder Fuß. Wie angewurzelt standen wir da, von Furcht und Trauer in Bann geschlagen. Durch das Tropftropf des Regens drang ein seltsamer und herzzerreißender Laut, den ich mein Lebtag nicht vergessen werde. Ay, es war der schreckliche Laut von Marthas Schluchzen.

Immer auf der Achse

Olwen Davies war erst zweiundzwanzig, als sie gleich nach absolviertem Krankenpflegekurs zur Distriktsschwester von Tregenny, einer Bergwerksgemeinde im unwirtlichen Bergland von Südwales, ernannt wurde. Ihr Heim bestand aus einem eisigen und spärlich möblierten Loch in der einzigen Dorfstraße. Die Einwohner waren verschlossene, vielfach untereinander versippte Leute und sichtlich gegen sie eingestellt.

Trotz der Kälte ihrer Aufnahme warf sich Olwen mit Hingabe in die Arbeit, wanderte bei jeder Witterung über die öden Bergpfade, besuchte die Kranken und betreute die wenigen Patienten, die in dem von der Landeskrankenkasse bereitgestellten Ambulatorium, einem einfachen, kahlen Raum, zur Behandlung erschienen. Es war eine recht primitive Arbeit. Der einzige praktische Arzt des Dorfes, der alte Dr. Gallow, ein träger, untüchtiger, der Flasche verfallener Mann, bot ihr keine Hilfe. Die junge Schwester mußte angesichts der ständigen Entmutigung gegen die Versuchung ankämpfen, aufzugeben.

Gegen Ende ihres ersten Sommers brach eine heftige Scharlachepidemie über Tregenny herein. Als Olwen zu Dr. Gallow ging, um sich Instruktionen zur Bekämpfung und Eindämmung der

Epidemie zu holen, erhielt sie einen schroffen Verweis. Derlei Ausbrüche seien in Tregenny keine Seltenheit; was könne man um Himmels willen schon anderes tun, als die Kranken mit Medikamenten versehen und Visiten machen?
Solcherart zurückgewiesen, nahm die junge Schwester die Herausforderung an. Sie sammelte Proben von Milch, Brunnenwasser und anderen lebensnotwendigen Stoffen und brachte sie zum Gesundheitsdienst nach Cardiff. Achtundvierzig Stunden später traf ein amtliches Telegramm ein, das die Scharlachinfektion auf die Milchversorgung aus Morgans Molkerei zurückführte und eine vorübergehende Sperre dieses Unternehmens verfügte.
Sogleich erhob sich allgemeines Geschrei über eine solche »Einmischung«. Idwal Morgan, der Eigentümer der Molkerei, ein in Tregenny hochangesehener Mann, Vorsitzender des Schulausschusses und Diakon der führenden Kirchengemeinde, vermochte seine Entrüstung nicht zurückzuhalten. Als er Olwen auf der Straße traf, bezichtigte er sie öffentlich und versicherte, er werde trotz der Order weiterhin Milch an die Bewohner Tregennys ausschenken.
Die junge Schwester geriet in eine ganz schlimme Situation, und das Ganze hätte vielleicht ein böses Ende genommen, wäre nicht Morgan plötzlich selbst erkrankt und vom Scharlachfieber befallen worden. Als Junggeselle in mittleren Jahren hatte er außer einer alten, halbblinden Dienerin niemanden, der sich seiner annahm, und er war, wie die meisten Leute, die

sich eine solche Infektion als Erwachsene zuziehen, ernstlich gefährdet.

Olwen fand ihn im Delirium liegen, er wälzte sich stöhnend im verdunkelten Zimmer in seinem Kastenbett hin und her. Sie machte sich eilends ans Werk. Sie wusch ihn, wechselte die Laken, überzog das Bett frisch, säuberte ihm Mund und Zunge, verabreichte ihm Medizin, maß das Fieber, lüftete das Zimmer und stützte ihn mit Kissen. Dann brachte sie ihm aus der Küche eine nahrhafte Brühe. Nach einigen abschließenden Ratschlägen an die alte Dienerin packte Olwen ihre Ärztetasche und brach zum nächsten Fall auf.

Nach einem harten Ringen schaffte es Morgan schließlich doch noch. Als er wieder bei Kräften war, folgte er der jungen Schwester, die sich im Zimmer zu schaffen machte, mit seinen Augen. Als ein Mann von wenig Worten sprach er nicht viel, doch Olwen spürte seine Dankbarkeit, und als er ihr bei der letzten Visite herzlich die Hand drückte und eine wirre Bitte um Verzeihung hervorstotterte, da wußte sie mit einem leisen Triumphgefühl, daß er nicht länger ihr Feind war.

Sobald Morgan wieder auf den Beinen war, sprach er öffentlich von dem, was sie für ihn getan hatte, und gab freimütig zu, daß er im Unrecht gewesen war. Und während Olwen weiter ihrer Arbeit nachging, fühlte sie, wie ihr langsam, aber sicher die Flut der allgemeinen Achtung entgegenschlug. Von nun an wurde sie nicht mehr mit finsteren Blicken und feindlichem Schweigen begrüßt. Jetzt liefen die Kinder auf dem Schulweg über die Straße, um sie zu begrüßen, Bergleute, die von den Gruben heimkehrten, grinsten ihr zu, und alte Frauen hielten sie mit einem Täßchen Tee und frischgebackenem Kuchen beim warmen Kaminfeuer zurück.

Gegen Ende des Jahres aber fand ein ganz großes Ereignis statt — angeführt von Idwal Morgan, machte ihr ein Komitee ein rostfreies Fahrrad mit drei Übersetzungen zum Geschenk. Es hatte die guten Leute des Städtchens nicht wenig gekostet, denn die Zeiten waren in diesem Tal nicht gerade günstig, viele Gruben arbeiteten nur mit halber Schicht, und die Penny- und Sixpencemünzen, mit denen der Kauf zustande gekommen war, wurden unter Entbehrungen abgeknappt. Aber für Olwen, die nun von der Plage befreit war, täglich ihre Fünfzehn-Kilometer-Runde zu Fuß zurückzulegen, stellte es einen unschätzbaren Wert dar.

Ich lernte Schwester Davies zum erstenmal kennen, als sie auf eben diesem Fahrrad daherkam, um mir in einem Fall beizustehen. Sie war damals eine große, solid gebaute Frau von dreißig Jahren, leicht mollig und mit einem reifen Gesicht. Doch in ihren klaren grauen Augen standen unentwegte Offenheit und Eifer, sie sprachen von einem aufrichtigen und ernsthaften Charakter. Als Dr. Gallows Nachfolger frisch von der Medizinischen Schule gekommen, war ich nervös und unerfahren, fand aber damals — und auch später — in ihrer Gegenwart Sicherheit. Vielleicht war's die Art, wie sie beim Kran-

kenbett stand, ein Instrument oder einen Verband anlegte, ermunternde Worte murmelte, wenn ich von Zweifeln befallen war, und mich mit einem ruhig anerkennenden Blick belohnte, wenn ich etwas gut gemacht hatte.
Wenn wir beide zu mitternächtlicher Stunde in der vollgeräumten Dachstube einer armseligen Wohnung arbeiteten und um die Rettung eines Menschenlebens kämpften, hatte ich oft Gelegenheit, ihre Seelenstärke und Geduld zu bewundern. Wenn es einen Arbeitsunfall gab, war sie — dank ihrem unerläßlichen Vehikel — stets vor mir beim Grubeneingang, stand gelassen, entschlossen und tapfer bei der Tragbahre, bereit, auch in die unterirdischen Arbeitsstätten hinabzusteigen, wenn es notwendig war. Ihre äußerste, jedoch unbewußte Selbstlosigkeit schien mir vor allen anderen Qualitäten der Schlüssel ihres Wesens zu sein. Sie dachte immer nur an die anderen. Mochte sie noch so beschäftigt sein, nie ließ sie es an einem zusätzlichen Wort der Anteilnahme fehlen, noch war sie zu müde, einem nächtlichen Notruf zu folgen.
Sie war keine Heilige im konventionellen Sinn. Sie rauchte gern eine Zigarette zu ihrem Kaffee und trank in späteren Jahren mit Vorliebe ein Gläschen starkes, dunkles Malzbier. Sie ging selten in die Kirche. Zuviel zu tun, entschuldigte sie sich lächelnd. Doch hörte ich sie während unserer ganzen Gemeinschaftsarbeit nie schlecht über jemanden sprechen. Sie war keine gescheite Frau, aber sie verfügte über einen unbezahlbaren Fundus von gesundem Menschenverstand und

einen Instinkt für das Einsetzen der richtigen Mittel, der sie nie verließ. Unvergeßlich wird mir jener Abend bleiben, da in einem abgeschiedenen Landhaus der Strom ausfiel, als ich eben an einem diphtherischen Kind einen dringend notwendigen Kehlkopfschnitt vornahm; ich stand in der plötzlichen Finsternis wie betäubt und völlig hilflos da, sie aber schlüpfte hinaus und kehrte mit einem hellen Licht zurück, mit dessen Hilfe ich die Operation erfolgreich zu Ende führen konnte. Es war ihre elektrische Fahrradlampe.

Dieses alte schwarze Fahrrad schien wirklich mit ihr verwachsen zu sein. Wenn unsere Nachtwache beendet war und sie mir eine Tasse heißen, starken, belebenden Kaffee gebraut hatte, nickte sie mir ein munteres Lebewohl zu und radelte zu ihrem Heim neben dem Ambulatorium zurück. Ich pflegte sie damit aufzuziehen, daß sie wohl ihr ganzes Leben lang an diese unerbittliche Achse geschmiedet sein werde.

Drei Jahre strichen rasch dahin. Dann bot sich mir ein glänzender Start in London. Es schmerzte mich, meine Partnerschaft mit Schwester Davies aufzugeben, obwohl sie es war, die mir riet, zuzugreifen. Doch ich fand schließlich im Gedanken Trost, daß auch ihr bald eine namhafte Beförderung bevorstehen mußte.

Nach einer anhaltenden Depression erfuhr eben die Kohlenindustrie einen merklichen Aufschwung, und die Direktoren der Tregenny-Gesellschaft hatten beschlossen, daß die Stadt endlich ein Hospital mit einem Chefarzt erhalten

mußte. Ich freute mich, daß Olwen nun schließlich doch als Oberin der neuen Anstalt zu ihrem Recht kommen würde.
Als ich mich am Vorabend meiner Abreise traurig von ihr verabschiedete, bemerkte ich: »Nun werden Sie doch von Ihrem Fahrrad Abschied nehmen müssen. Als Leiterin des Hospitals brauchen Sie es nicht mehr.«
Schwester Davies blickte mir in die Augen.
»Ich werde mein altes Vehikel leider doch brauchen. Ich bin nicht als Oberin vorgesehen.«
»Was!« Ich starrte sie entgeistert an. »Nach allem, was Sie für die Gemeinde getan haben! Aber Morgan und die anderen — alle wollen Sie doch haben.«
»Möglich«, erwiderte sie sanft. »Doch der neue Chirurg möchte seine eigene Oberin aus Cardiff mitbringen. Sie ist äußerst gut qualifiziert, viel besser als ich, und sie wird den Posten bekommen.«
»Ausgeschlossen!« rief ich.
»Doch, die Gesellschaft hat ihre Anstellung bereits bestätigt.« Sie lächelte ihr ruhiges, nachsichtiges Lächeln, ohne eine Spur von Eifersucht oder Erbitterung. »Es ist wirklich besser so. Ich versteh' mich nicht sehr darauf, mit hohen Tieren umzugehen, und meine chirurgische Technik ist ein bißchen eingerostet.« Ihr Lächeln vertiefte sich. »Ich werde bestimmt viel glücklicher und viel mehr von Nutzen sein, wenn ich wie eh und je herumradle.«
Jahre vergingen, bevor ich wieder nach Tregenny kam. Als ich auf dem vertrauten Kopfsteinpfla-

ster dahinschritt, überfiel mich ein ganzer Schwall gespenstiger Erinnerungen.
Plötzlich blieb ich stehen. In der Tür seiner Molkerei stand, noch immer rüstig trotz der Flucht der Jahre, Idwal Morgan. Er erkannte mich sofort und schüttelte mir herzlich die Hand. Ich bestürmte ihn um Nachrichten über Schwester Davies. Er sah mich unter düster zusammengezogenen Brauen an.
»Haben Sie denn nicht von ihrem Unfall erfahren?«
Erschreckt und von plötzlicher Bangnis ergriffen, schüttelte ich den Kopf.
»Es ist vor knapp zwei Jahren passiert. Sie war in einer finsteren, stürmischen Nacht auf ihrem Fahrrad unterwegs.« Die Worte kamen aus zusammengebissenen Lippen. »Ein Baum war vom Sturm über die Straße geweht worden. Sie fuhr geradewegs hinein. Lag zwei Stunden lang in Wind und Regen, bevor wir sie fanden — mit gebrochenem Rückgrat.«
Ich starrte ihn entsetzt an.
»Aber — sie kam davon?«
Er antwortete nicht. Nach einer langen Pause nahm er meinen Arm und ging mit mir schweigend die Straße hinauf. Während ich neben ihm dahinschritt, blickte ich ab und zu angstvoll auf sein verschlossenes, undurchdringliches Profil. Wohin führte er mich? Doch nicht am Ende zu dem Berghang, der die Stadt überblickte — zu dem kleinen Friedhof?
»Sie wußten sicher nicht«, stieß er plötzlich hervor, die Augen auf den Weg geheftet, »daß ich sie

bat, meine Frau zu werden. Aber sie wollt' mich nicht haben. Ging zu sehr in ihrer Arbeit auf.«
Meine Hoffnung sank bei diesen Worten noch mehr. Doch mit einemmal entspannten sich seine Züge. Er wandte sich mir zu und schlug mich auf die Schulter.
»Machen Sie kein so langes Gesicht, Doktor«, sagte er. »Vielleicht ist's gar nicht so schlimm, wie Sie denken.«
Er steuerte mich plötzlich einen schmalen Durchgang entlang, und ich entsann mich schlagartig, daß wir vor dem Ambulatorium der Distriktsschwester standen. Wie blind ließ ich mich von ihm hineinführen. Dann erblickte ich durch den Nebel vor meinen Augen etwas, das meinen Herzschlag stocken ließ.
In einem Rollstuhl saß, grauhaarig, ein wenig gebeugt, viel schmaler als einst, die gelähmten Beine unter einer Decke, doch immer noch in Uniform, die Distriktsschwester. Von ihren Patienten, meist Kindern, umringt, die sie unter aufmunternden Worten behandelte, steuerte sie geschickt durch den Raum, wirbelte die Speichen ihres beweglichen Stuhles mit geübter Hand herum. Ich stand reglos im Schatten. Als der letzte Patient den Raum verlassen hatte, stürmte ich vorwärts und faßte die sich eben Herumdrehende bei den Händen — den abgearbeiteten, tüchtigen Händen, die ein halbes Jahrhundert lang der leidenden Menschheit Dienste erwiesen hatten.
»Schwester Davies . . . Olwen!« rief ich. »Sie sind die alte geblieben!«

Sie hatte mich auf der Stelle erkannt.

»Warum auch nicht? Sie sehen doch ... ich bin noch immer an der Arbeit.« Sie bedachte mich mit ihrem sonnigsten Lächeln. »Und noch immer auf der Achse!«

Weihnachten für Agnes

Nach einer großartigen Fahrt traf er an diesem Dezembernachmittag um vier Uhr von London kommend in den Vororten Manchesters ein, zuerst in Withington, dann in Rusholme; die Straßen waren nach dem langen, gleichmäßigen Dahinsausen auf der offenen Autobahn, die hinter ihm lag, recht mittelmäßig und holprig. Obwohl er zehn Jahre lang nicht mehr in diesem elenden Kaff gewesen war, erinnerte er sich nur allzugut daran ... derselbe alte Qualm, derselbe alte Dreck ... was für eine Stadt! Und was für ein Verkehr! Klingelnde Straßenbahnen, Pferdefuhrwerke, die sich zum Verzweifeln langsam knapp vor dem Kühler seines Autos vorbeischleppten.

Es war ein neues Auto, ein geradezu prächtiges Auto. Zwölfhundert Pfund hatte es gekostet; zwölfhundert Pfund bis auf den letzten Penny, und das, nachdem er die Ansprüche des Händlers kräftig heruntergeschraubt und die Provision des Vermittlers auf ein Minimum beschnitten hatte. Teuer — verdammt teuer! Aber warum auch nicht? Wozu war denn das Geld da, wenn man sich damit nicht die Dinge zulegen konnte, die man haben wollte? Und er hatte sich's verdient — das trug fünfzig Prozent zu seiner

Befriedigung bei, das Bewußtsein: er hatte selbst diesen Wagen *gemacht*, gemacht im besten Sinn des Wortes, genauso wie er sein Unternehmen, sein prachtvolles Haus in Hampstead — auf eigenem Grund und Boden, versteht sich, und um einen Pappenstiel erstanden —, seine Wochenendvilla in Sussex, sein ... ach, hol's der Teufel, was noch alles, selbst gemacht hatte. Schluß mit der Aufzählung.

Eingebildet war er nicht — da sei Gott vor —, aber das eine stand ja doch fest: nicht viele Leute hätten das schaffen können, was er geschafft hatte. Vor zehn Jahren war er, ein armseliger Versicherungsagent, auf eben diesem Pflaster in Manchester neben den Sohlen gegangen und hatte sich damit abgeplackt, schäbigen jungverheirateten Paaren in den Vorstädten »Vorsorge«- Policen anzuhängen. Und jetzt! Er lächelte satt und selbstgefällig. Die Erinnerung daran, wie er sich aus eigenen Kräften hochgearbeitet, wie er die Leiter erklommen hatte, vor allem die scheußliche erste Stufe, war wie Balsam. Kein Wort davon, daß er beim Start Glück gehabt hatte. Er hatte bloß seine Chance wahrgenommen, mehr nicht — freilich eine geradezu wunderbare Chance —, aber er hatte sie beim Schopf gepackt und nicht mehr losgelassen.

Nie würde er den Tag vergessen, einen bitterkalten Wintertag wie heute, eine rote Sonne hing verdrossen auf die Rauchfänge herab, füllte das Büro mit einer kalten Glut, und er stand da und wartete darauf, in das Direktionszimmer gerufen zu werden. Da schnappte er das Wort auf.

Fusion! Die »Vorsorge« fusionierte sich mit »Neues Leben«, der ältesten, solidesten, kapitalkräftigsten Gesellschaft im Norden. Ein Geheimnis! Er war so vernünftig gewesen, sich Selbstbeherrschung aufzuerlegen, unbefangen das Zimmer zu betreten, als hätte er nichts gehört. Er hatte seine Zeit nicht — wie es jeder andere kleine Angestellte getan hätte — damit vertrödelt, nachzudenken: Ist mein Posten noch sicher ... oder wird man mich aus dem neuen Konzern hinauswerfen? Nein, nein! Schon in jenen Tagen wußte er die Dinge zusammenzureimen. Blitzartig hatte er erkannt, daß die »Vorsorge«-Aktien im Augenblick der Bekanntmachung der Fusionierung auf das Doppelte, ja Dreifache steigen würden. Kaufen! Kaufen! Er mußte »Vorsorge«-Aktien auf Termin kaufen, Deckung auftreiben, irgendwie ... irgendwo.
Nun — fünftausend Pfund hatte er gemacht; und überaus clever war er dabei vorgegangen. Fünftausend! Nicht viel, freilich, im Vergleich mit dem, was nachher kam, aber genug, um den Staub Manchesters rasch und gründlich von den Füßen zu schütteln, genug, um den Sprung nach oben zu wagen.
Bei einem Blick in den Rückspiegel lächelte er wieder sein bereitwilliges, unwiderstehliches Lächeln, und als er von einer Verkehrsstockung aufgehalten wurde, studierte er, nicht ohne bescheidene Genugtuung, sein Gesicht: gute Zähne, blaue Augen, dunkles Haar mit sauber gezogenem Mittelscheitel. Und erst siebenunddreißig Jahre alt! Man mußte zugeben: es war

allerhand, wirklich allerhand, so zurückzukehren.

Als vor vierzehn Tagen die Einladung gekommen war, hatte er Sylvia den Brief über den Frühstückstisch hingeschoben. Das Dinner des Börsenklubs ... Ihre schöngezeichneten Brauen hatten sich freundlich fragend gehoben, und sie hatte gesagt: »Zwei Tage vor Weihnachten? Liebling, zu Weihnachten möchte ich dich nicht missen.«

»Ich will ja gar nicht zu dieser langweiligen Sache gehen«, hatte er lachend geantwortet.

Aber irgendwie hatte ihn die Idee nicht losgelassen. Es wäre doch ganz lustig, den neuen Wagen zu nehmen, die überfüllten Züge zu vermeiden und über die hartgefrorenen Straßen dahinzusausen. Würde ihm nur guttun! Zum Christtag konnte er ja wieder zurück sein. Der Börsenklub — der Börsenklub von Manchester war schließlich etwas ... und noch dazu als Ehrengast geladen zu sein! Das war eine Auszeichnung, auf die man sich etwas einbilden konnte.

Er drückte den elegant beschuhten Fuß leicht auf den Gashebel, überholte ein Lastauto — geschickt gemacht, lobte er sich unbewußt — und fuhr in das Stadtzentrum ein.

Und dann sah er sie ganz plötzlich — es war kaum zu glauben.

Sie stieg an der Ecke Deansgate-Peter Street aus einem roten Bus. Trug einen schwarzen Mantel mit Kaninkragen. Hatte ein in braunes Packpapier eingewickeltes Paket in der Hand. Auf ihrem Gesicht lag jener vertraute, so erschreckend

vertraute Zug von Zerstreutheit und leichter Geistesabwesenheit, so daß er unwillkürlich auf die Bremse trat und den Wagen mit einem Ruck zum Stehen brachte.
»Agnes!« Er bereute es sofort — aber bevor er sich noch zurückhalten konnte, hatte er ihren Namen gerufen.
Sie wandte sich überrascht um; in ihren stark kurzsichtigen Augen stand eine sanfte Frage, ihr unbedeutendes Gesicht hob sich seltsam bedeutend aus der Masse der übrigen unbekannten hervor. Dann erkannte sie ihn. Sie stand stocksteif da. Eine peinliche Minute lang glaubte er, sie werde in Ohnmacht fallen. Aber es geschah nur das eine, daß ihr das Paket aus den Händen glitt und im Rinnstein zerplatzte — Kolonialwaren waren darin und irgend etwas Immergrünes, ein einzelner Tannenschößling, mit einem Stück Bindfaden umwunden.
Instinktiv machte sie einen Schritt vorwärts, klaubte verwirrt und verlegen ihr Paket zusammen; als sie sich wieder aufrichtete, stand sie knapp beim Wagen.
»Hallo, Agnes!« Obwohl sein Lächeln gequält und fast blödsinnig war, saß es recht gut.
»Hallo, George!«
Pause.
»Daß man dich wieder einmal zu Gesicht kriegt!«
»Ja.«
Neuerliche Pause. Ihre Nervosität bewirkte, daß sein Selbstvertrauen rasch zurückkehrte — wie immer. Er sagte leichthin:

»Nun, hier in diesem Getümmel können wir nicht stehenbleiben, meine Liebe. Steig ein, und ich bring' dich an dein Ziel.«
Er stieß die Tür auf. Erst zögerte sie, dann stieg sie ein, wobei sie ihren Hut am Wagendach eindrückte — man konnte sehen, daß die Gute nicht die geringste Übung im Autofahren besaß —, und setzte sich linkisch neben ihn, das zerfetzte Paket auf dem Schoß. Er fuhr los.
Eine Zeitlang schwiegen sie, dann sagte er mit betonter Leichtigkeit:
»Schon ein kleiner Schock für dich, was, Agnes?«
Sie sah ihn nicht an.
»Ja, George.«
»Nur immer mit der Ruhe, meine Liebe. Ich freu' mich wirklich schrecklich. Hab' dich schon oft wiedersehen wollen. Sooft ich in Manchester zu tun hatte, hätt' ich wer weiß was dafür gegeben, deine Adresse zu erfahren.«
Ein Seitenblick überzeugte ihn, daß seine Worte nicht ohne Wirkung blieben. Das war ja immer das Liebenswerte an ihr gewesen — diese kindliche, geradezu lachhafte Sanftmut. Was heißt Sanftmut! Er hatte mit Agnes immer alles tun können, was er wollte. Seine Lippen verzogen sich unwillkürlich. Sie war so . . . so unaussprechlich einfältig. Dennoch verspürte er eine seltsame Befriedigung, sie wieder so nahe, so unerwartet neben sich zu wissen, in seinem üppig gepolsterten Auto. Natürlich hatte sie sich in diesen zehn Jahren ein bißchen verändert; war älter geworden — da und dort ein Fältchen, ein

leichtes Absinken der Mundwinkel —, war aber doch noch in vielen Dingen dieselbe geblieben: mollig, eher klein, ein weiches Klößchen von einer Frau, noch immer angenehm und frisch, mit bemerkenswerten dunklen Augen, nett und nachgiebig. Ihre Kleidung war natürlich scheußlich; sie hatte sich nie elegant angezogen. Ihre Strümpfe waren armselig, ihre Figur ließ die Billigkeit des Mieders erkennen, und einer ihrer Handschuhe war geplatzt, dennoch war sie ein wirklich annehmbares Weibchen.

Mit freundlicherer Stimme fragte er:

»Wohin soll ich dich bringen, Agnes?«

Sie antwortete ziemlich verlegen, aber ohne zu zögern:

»Ach, das ist nicht so wichtig. Ich wohne draußen in der Eccles Road. Aber ich möchte lieber nicht dort vorfahren . . .«

»Gewiß, Agnes, gewiß«, beruhigte er sie entgegenkommend; dann tastete er sich weiter vor: »Ich verstehe. Deinem Mann wäre es wahrscheinlich nicht recht, wenn ich dich nach Hause brächte.«

»Meinem Mann!« Sie starrte ihn mit weitaufgerissenen Augen an, tödlichste Verlegenheit spiegelte sich in ihrem Blick.

»Aber, aber! Tut mir leid, Agnes! Ein Mißverständnis meinerseits. Du hast also nicht geheiratet?«

Sie schüttelte den Kopf.

Er war erfreut, hochbeglückt, wenn er auch darauf achtete, es nicht zu zeigen. Sie hatte also nicht geheiratet, hatte ihn all die Jahre nicht vergessen. Er glühte innerlich vor Stolz. Ja, sie war ein nettes kleines Geschöpf, recht gewöhnlich, gewiß — sie konnte eben nicht aus ihrer Haut —, aber sanft, friedlich, lieb ... ja, verteufelt lieb war sie einst zu ihm gewesen, als sie noch verlobt waren. Du lieber Gott! War's nicht komisch, sich vorzustellen, daß Agnes und er einmal miteinander verlobt gewesen waren? Nein, nein! Der Gedanke stieß ihn leicht ab. Er hatte ihr niemals einen Ring gegeben, konnte sich's damals nicht leisten. Nur ein albernes herzförmiges silbernes Medaillon, vor zehn Jahren für Agnes genau das richtige. Alles in allem konnte er sich keine Vorwürfe machen, daß er ... nun, daß er sich damals taktvoll aus der Affäre gezogen hatte. Himmel! Agnes wäre für einen erfolgreichen Mann eine klägliche Frau gewesen — weiß Gott, eine sehr klägliche Frau!

Die funkelnde Motorhaube der Chapel Street zugekehrt, begann er langsam, am Museum vorbei, den Peel Park entlang zu fahren. Er fand eine satte, fast wollüstige Befriedigung darin, mit Agnes rund um den Park zu fahren, in dem sie nach Einbruch der Abenddämmerung zu sitzen pflegten — auf einer dieser lächerlich harten Bänke —, und er, den Arm um ihre Taille gelegt, ihre Jugend, ihre Frische gespürt hatte.

Er machte eine volle Runde um den Park, fuhr dann elegant vor dem Brunnen vor, den sie so oft ungesehen plätschern gehört hatten; dieses Plätzchen hatte die harten Geräusche der Stadt mit einer seltsamen, besinnlichen Schönheit

umkleidet. Er wandte sich ihr mit einer halben Drehung zu.
»Wenn du also nicht verheiratet bist, was ... was machst du dann, Kleine?«
»Ich arbeite noch immer bei Manton, George.«
Er konnte es kaum fassen.
»Kein schlechter Platz«, fügte sie gelassen hinzu, »wenn man's genau nimmt. Es ist ein recht angenehmes Leben in der Handschuhabteilung.«
Wiederum ließ ihn die maßvolle Ruhe ihrer Worte erschauern: sie hatte in den vergangenen zehn Jahren Handschuhe im Warenhaus Manton verkauft, um dreißig Shilling Wochenlohn! Blitzartig erkannte er das Ausmaß der Plage, das hinter ihr lag; er fühlte sich peinlich berührt, herausgefordert, erbost. In einer plötzlichen Aufwallung von Verstimmtheit machte er ihr heftige Vorhaltungen.
»Aber, um Himmels willen, Agnes, warum hast du mich das nicht wissen lassen? Wie dumm von dir! Ich bin ein gutes Stück weitergekommen und hätte dir helfen können! Du weißt, daß ich's getan hätte!«
Sie lächelte schwach.
»Ich wußte nicht, wo du warst, George, hatte keine Ahnung. Du gingst so plötzlich weg. Sonntag nacht waren wir noch beisammen, und als ich Mittwoch zu dir kam ... warst du fort. Und ich bin nicht sehr geschickt im Auffinden von Leuten. Hab' wohl nicht die richtige Art dafür.«
Er errötete vor Entrüstung.
»Aha, ich verstehe«, rief er. »Du machst mir Vorwürfe. Bitte, nur so weiter. Hab's nicht an-

ders erwartet. Du glaubst dich offenbar im Recht, das Schlimmste von mir zu denken.«
Seine Heftigkeit erschreckte sie.
»Ich hab' kein böses Wort gegen dich gesagt, George. Das tät' ich nicht um die Welt.«
»Aber du denkst es dir, Agnes. Hast es seit Jahren gedacht ... daß ich dir einen schlimmen Streich spielte, daß ich ein gemeiner Kerl bin ... weil ich dich ohne ein Wort verließ. Sprich's nur aus. Heraus mit der Wahrheit.«
Sie wandte den Blick ab, begann die losen Bindfadenenden ihres Pakets nervös und schuldbewußt zu verknoten. Endlich fuhr sie mit leiser Stimme fort:
»Sagen wir, ich war bestürzt, George, entsetzlich bestürzt. Ich liebte dich ... ich dachte, wir würden heiraten. Erinnere dich doch: als du mir dieses Medaillon gabst, sagtest du: ›Einen Ring kann ich nicht erschwingen, Agnes, aber das hier steht für ihn gut.‹ Oh!« Sie holte hastig Atem. »Ich mache dir keine Vorwürfe, George. Du bist in jeder Hinsicht immer über mir gestanden. Es war wohl nett von dir, mich überhaupt zu bemerken. Aber ein Mädchen im Laden hatte gehört, daß du zu Geld gekommen warst — zu einem Haufen Geld. Und da konnte ich nicht anders, ich mußte denken, daß du mir den Laufpaß gegeben hast, weil ich nicht gut genug für dich war. Dazu kam dann noch ... das eine und das andere ... weiß Gott.« Sie brach ab und blickte ihn verzweifelt und hilflos an.
Er wiegte den Kopf langsam hin und her.
»So also, Agnes«, sagte er bedächtig, »hast du

über mich gedacht. Bin froh, daß du's mir gesagt hast — vielleicht verdiene ich nichts Besseres.« Er seufzte. »Jetzt ist dir wohl mein Anblick verhaßt.«
»Ach nein, George«, rief sie, »nein, wirklich nicht.« Nun liefen Tränen aus ihren verstörten Augen.
»Glaubst du nicht, daß du mich falsch beurteilt hast, Agnes?« murmelte er. »Kannst du nicht verstehen, daß manchmal der schmerzhafteste Weg der beste ist? Wenn ich nun erkannt hätte, daß wir miteinander nicht glücklich hätten werden können ... daß sich die Umstände geändert hatten ... daß wir nicht zueinander paßten ... war da nicht ein rascher Schnitt das Günstigste?«
Sie saß, der Sprache unfähig, da; er konnte das rasche Heben und Senken ihrer Brust bemerken, und mit einemmal kam ihm die Überzeugung, daß sie ihn noch immer liebte. Ja, unglaublich, aber wahr — sie trug, er sah es deutlich, noch immer das blödsinnige Medaillon, das er ihr vor so vielen Jahren gegeben hatte, das Medaillon, in das sie ein winziges Bild von ihm, eine Momentaufnahme, geklebt hatte. Er flüsterte:
»Du trägst jedenfalls noch immer mein Photo bei dir.« Bevor sie ihn daran hindern konnte, hielt er das Medaillon in der Hand und ließ es triumphierend mit einem Druck seines Daumens aufschnappen.
Doch dann erstarb das Lächeln auf seinen Lippen.
Nicht sein Photo befand sich im Medaillon, sondern das eines kleinen Jungen.

Er konnte den Blick nicht davon losreißen. Dann hob er seine Augen, um sie geradezu einfältig anzusehen. Sie war totenblaß geworden, ihr Atem ging rascher als zuvor.
»Was!« rief er. »Wer ist das?«
Nach einer langen, langen Pause hefteten sich ihre Augen mit dem Ausdruck eines zu Tode verwundeten Tieres auf ihn.
»Das ist mein Junge.«
Er riß den Mund auf.
»Dein Junge«, wiederholte er stumpfsinnig. »Meinst du damit ... meinst du damit deinen Sohn?« Sein Blick wurde plötzlich magisch vom Photo in Bann geschlagen. Er stotterte, von jäher Erregung überwältigt:
»Und auch meiner ... mein Sohn ... mein Sohn.«
Schweigen.
»Ja«, erklärte er mit vor Gefühlsüberschwang aschfahlem Gesicht. »Es stimmt. Es stimmt! Ich kann's an der Ähnlichkeit sehen!«
Welch eine Entdeckung — ihr Sohn! Er war richtig aufgewühlt. Sein ganzer Körper prikkelte, zitterte, der Paroxysmus eines ungeheuren Stolzes überflutete ihn, erschütterte ihn durch Mark und Bein. Sein Sohn ... sein Junge ... sein eigen Fleisch und Blut ... den er nie gekannt, nie gesehen, nie berührt hatte. Oh, es war zu aufregend, zu quälend, um ertragen werden zu können. Ein jäher Umschwung der Gefühle erfaßte ihn. Nur mit Mühe überwand er sich, ihr wieder ins Gesicht zu blicken. Seine ritterliche Anwandlung war vorbei, das vage Aufflammen

eines Begehrens erloschen, abgelöst worden von diesem neuen, überwältigenden Gefühl. Er fragte sie eindringlich:

»Warum hast du mir das nie gesagt, Agnes?«

Sie war schmerzlich erregt, zitterte am ganzen Körper, ja sogar ihre Lippen bebten, als sie antwortete:

»Wie hätt' ich's können, George? Wie? Du hast mich so unerwartet verlassen, ohne ein einziges Wort. Damals wußt' ich's noch nicht. Und als ich es wußte, war schon alles zu Ende . . .«

»Das war unfair mir gegenüber, Agnes.«

»Aber du wolltest mich doch nicht mehr, George. Du gingst fort. Ich konnte dich nicht finden.«

»Du hättest es versuchen sollen«, behauptete er. »Durch ein Zeitungsinserat oder sonstwie.«

»Ich hätte dich gern bei mir gehabt, George«, weinte sie. »Ich liebte dich . . . ich brauchte dich. Ich hab' eine Menge durchgemacht . . . im elenden Saal der Gebärklinik . . . Ich hab' um ein Haar meinen Posten bei Manton verloren . . . und nachher ist's auch nicht sehr leicht für mich gewesen, das kannst du mir glauben. Es war ein ständiges Auf und Ab.«

Sein Schweigen brachte sie zum Schweigen. Der bloße Gedanke, daß das Kind, sein Sohn, in der gewöhnlichen Gebärklinik auf die Welt gekommer war, ließ ihn erschauern. Aber er bewahrte seine Ruhe und Geduld.

»Ich muß ihn sehen, Agnes.«

»Ja, George.« Sie kramte in ihrer Handtasche, trocknete die Augen mit einem nicht allzu sauberen Taschentuch.

»Ich komme morgen zu dir.«
»Ja, George.«
»Gib mir deine Adresse.«
»Ja, George. «
Er schrieb sie sorgfältig in ein kleines, in Saffianleder gebundenes Notizbuch, das er in der oberen linken Westentasche trug. Er lächelte sie an.
»Dann werden wir sehen, was sich tun läßt.«
»Ja, George.«
Sie lächelte gezwungen, aber vertrauensvoll zurück.

Nachdem er sie an ihrer Autobushaltestelle abgesetzt und genauere Angaben über seinen Besuch am nächsten Tag gemacht hatte, fuhr er zum Midland Hotel. Er war von einem Hochgefühl durchdrungen, das ihm wie Wein zu Kopf stieg. Er hatte einen Sohn! Es grenzte fast an ein Wunder, nach einer Reihe enttäuschender Jahre dies erleben zu können. Ein Sohn ... das einzige, das durch Geld nicht zu erkaufen war.
Er betrat das Hotel, wo man ihn natürlich bereits erwartete. Erfreulich, höchst erfreulich die gelassene Ehrerbietung, die in den Worten »Für Sie reserviert, Sir ... dritter Stock, die Suite auf den Innenhof« zum Ausdruck kam. Die dicken Teppiche, der kühle Marmor, der Luxus behagten ihm. Die Macht, sich diesen Luxus untertänig zu machen, behagte ihm. In den alten Tagen hätte es geheißen: »Haben Sie ein Zimmer für mich?«, und das bei weitem nicht im Midland!

Als er im Lift hinauffuhr, übermannte ihn neuerlich dieses ermutigende Gefühl außerordentlichen Wohlbefindens.
Eine große Schale mit herrlichen Christrosen und ein Haufen Telegramme in seinem Salon. Eins von Jackson, seinem Werksdirektor: GESCHAEFT MIT HOUGHTON OK. Ausgezeichnet! Ein anderes von Sylvia: LASS DIR DIE HEIMATLUFT NICHT ZU KOPF STEIGEN LIEBLING.
Er lachte entzückt auf. Wirklich reizdend von Sylvia, ihm das zu sagen, und er hätte wetten mögen, daß sie telegraphisch den Auftrag erteilt hatte, ihm die Blumen ins Zimmer zu stellen. Es sah ihr so ähnlich. Er hatte es niemals bereut, Sylvia geheiratet zu haben, sie paßte in jeder Beziehung zu ihm, hatte Kultur und Verständnis, ein kühles und verläßlich angenehmes Temperament, eine hervorragende angeborene Begabung für das Gesellschaftsleben, ganz zu schweigen vom sehr ansehnlichen Vermögen, das sie mitgebracht hatte. Gott sei Dank war er so vernünftig gewesen, mit der Ehe zu warten, bis Sylvia dahergekommen war. Es hätte ja nicht unbedingt Sylvia sein müssen, vielleicht ... nun, eine Frau von Sylvias Art. Nur einen einzigen Fehler, einen einzigen Fehler hatte er an dieser reichen Goldader finden müssen. Jetzt aber ...
Er schrak aus seinen Gedanken auf, sah auf die Uhr: halb sieben. Bei Gott, Zeit für ihn, sich anzuziehen, wenn er um sieben im Börsenklub sein wollte. Sein Hand zögerte über der Klingel: Zweimal läuten für den Etagendiener. Nein!

Lieber nicht. Diese Kerle erwarteten sich ein fürstliches Trinkgeld, wenn sie einem bloß die Schuhleisten zurechtlegten. Statt dessen telephonierte er um einen Cocktail — Martini, trokken —, drehte im Bad den Hahn auf und begann, leise vor sich hin summend, seine Kleider abzulegen.

Er lag im Bad, ließ sich genießerisch vom warmen Wasser umspülen und dachte dabei in einem fort an seinen Sohn, dann sprang er mit einem kurzen Jubelruf auf und nahm eine kurze kalte Dusche. Sich fit halten war oberstes Gebot — man konnte nur dann das Beste aus dem Leben herausholen, wenn man durch und durch fit wirkte; aber etwas anderes kam sowieso nicht in Frage, seine Gesundheit war erstklassig. Und heute fühlte er sich ganz besonders großartig.

Er kleidete sich mit Muße und Sorgfalt an, sein Körper glühte noch wohlig, und schlürfte ab und zu an seinem Martini. Man hatte auch Oliven heraufgeschickt — die kleinen französischen, die er gern mochte. Während er seine Batistschleife knüpfte, konnte er nicht umhin, seine erlesenen Manschettenknöpfe zu bewundern. Onyx mit Diamanten, von Boucheron in der Bond Street. Achtzig Guineas, keinen Penny weniger, hatte ihn die Garnitur gekostet, aber die Arbeit war wunderbar, der Geschmack nicht zu überbieten. Es war natürlich schmerzhaft für ihn gewesen, richtiges gutes Geld für einen solchen Tand hinzublättern, aber er hatte sich ein Motto gesetzt, an das er sich unfehlbar hielt: »Kauf dir das Beste, Junge, du wirst es

nie bereuen.« Und er hatte in der Tat den Kauf der Boucheronschen Manschettenknöpfe nie bereut; sie waren in ihrer Art perfekt.
Während er den Frack anlegte, läutete das Telephon. Eine Stimme sagte: »Sir Charles Begg erwartet Sie, Sir. Soll ich ihn hinaufführen, oder soll er warten?«
Er antwortete leichthin: »Lassen Sie Sir Charles warten.« So machte man's; je rauher man sie behandelte, desto mehr hielten sie von einem. Leise lächelnd stand er vor dem Spiegel, legte letzte Hand an seine Schleife, sein Haar, seine Platinuhrkette. Ja, er würde seine Wirkung nicht verfehlen. Als Krönung des Ganzen nahm er eine kleine weiße Blüte aus der Schale auf dem Tisch und steckte sie ins Knopfloch. Dann griff er sich vom Toilettentisch das Medaillon, das er sich um des Photos willen von Agnes erbeten hatte. Er öffnete es. Ja, das war der Junge, sein Sohn. Was für ein netter kleiner Bursche, was für ein offenes, glückliches Gesicht! Sein Sohn! Das Herz wurde ihm weit und warm, seine Augen füllten sich verdächtig mit Wasser. Er machte einen langen und tiefen Atemzug. Seine Ergriffenheit mannhaft meisternd, führte er das winzige Photo sacht an die Lippen. Dann ließ er das Medaillon zuschnappen, in seine Westentasche gleiten und schritt auf die Tür zu. Nun war er bereit für den Börsenklub — für alles. Ein prächtiges Dinner, ein prächtiger Abend lagen vor ihm, er würde eine prächtige Rede halten. Beschwingt und zuversichtlich strebte er dem Lift zu.

Der nächste Tag war Heiligabend. Er erwachte mit einem köstlichen Gefühl des Wohlbehagens und der Erwartung. Der Himmel war — welch ein Wunder für Manchester — blau und klar, die Sonne schien bei aller Kälte stark und hell. Nach seinem Morgentee mit Obst — er achtete auf seine Figur und nahm daher nie ein schweres Frühstück zu sich — lag er genießerisch im Bett, überdachte sein heutiges Tagesprogramm, spielte mit dem Gedanken, ein langes Ferngespräch mit Sylvia zu führen, entschied sich dann aber dagegen, griff nach dem Telephonhörer und diktierte ein Kabel: BIN IN SACHE VON AEUSSERSTER WICHTIGKEIT HIER ZURUECKGEHALTEN LIEBLING KUESSE GEORGE. Dann stand er auf, rasierte sich, nahm ein Bad, zog sich mit ungewöhnlicher Sorgfalt an und ging zum Lunch hinunter.

Nach dem Lunch ging er einkaufen. Himmel, was für ein Spaß war das, nie hätte er gedacht, daß er soviel Freude daran finden könnte! Straßen und Läden waren überfüllt von glücklichen Menschen gleich ihm, und alle kauften, kauften, kauften für ihre Kinder ein. Es war wundervoll, und dieses eine Mal ließ er sich richtig gehen. Er kaufte eine Schachtel Schokoladebonbons, ein riesiges Ding mit einem orangefarbenen Band rundherum; er kaufte einen automatischen Eisenbahnzug, eine Feuerspritze mit elektrischem Licht und einem echten Gummischlauch; er kaufte einen Hampelmann, der Purzelbäume

schlug, eine schwimmende Ente, einen Brummkreisel, der sich garantiert minutenlang drehte. Er mußte seinen ganzen gesunden Menschenverstand aufbieten, um sich vor weiterem Überschwang zurückzuhalten, denn er war regelrecht angesteckt, hingerissen worden von der köstlichen Aufregung des Einkaufens.
Um vier Uhr ging er ins Hotel zurück, nahm den Tee ein. Sein Verlangen wuchs; er wurde ungeduldig. Alle zehn Minuten schaute er auf die Uhr — die Zeit schien so scheußlich langsam zu verstreichen, und Agnes hatte gesagt, sie würde nicht vor sieben von ihrer Arbeit zu Hause sein. Ein Skandal, ein verdammter Skandal! Doch endlich war die Stunde gekommen, er packte seine Pakete, nahm ein Taxi und fuhr in die Eccles Road.

Es war eine armselige Gegend, eine düstere Straße für Leute des unteren Mittelstands, eine heruntergekommene Straße mit eingesunkenen Vortreppen, zerbrochenen Geländern, angeschlagenen Gipssäulen und Mauern, die mit Kreidezeichen verschmiert waren. Die riesigen Häuser waren in Kleinwohnungen unterteilt. Hier gab es keine strahlend hellen Läden, hinter deren großen Spiegelscheiben sich Truthähne und Früchte, Knallbonbons und Spielzeug türmten. Eine Reihe roh gezimmerter Verschläge stand auf der Straße, flankiert von einem Stand, wo man gebratenen Fisch verkaufte, und einem Ausschank. Und im Erdgeschoß des Hauses, das

Agnes bewohnte, hing ein Messingschild mit der grotesken Aufschrift: Timothy Sirup, Rauchfang- und Kaminkehrer. George verzog das Gesicht trotz seiner Eile; ein schöner Ort, bei Gott, um seinen Sohn aufzuziehen! Doch er schüttelte den ärgerlichen Gedanken rasch ab, sprang die steinerne Treppe hinauf, läutete.

Agnes ließ ihn sogleich ein. Ohne Hut und Mantel wirkte sie kleiner denn je; ihr Haar war von der Stirn zurückgekämmt, ihr Gesicht glänzte frischgewaschen von kaltem Wasser und Seife. Ein Instinkt sagte ihm, daß sie nach Hause geeilt war, um sich für ihn schön zu machen.

»Wir haben nur ein winziges Plätzchen für uns, George«, entschuldigte sie sich als erstes. »Bloß zwei Zimmer. Nicht sehr großartig.«

Das hatte er mit einem Blick erfaßt: ein billiger Tisch aus weichem Holz, einfache Stühle, rissiges Linoleum, ein gewöhnlicher Spülstein. Bei Gott, es war nicht großartig — das konnte man bestimmt nicht behaupten. Aber er war ja schließlich nicht wegen der Wohnung gekommen. Sein Herz pochte, als er rasch fragte:

»Wo ist der Junge?«

»Im anderen Zimmer.«

Als sie ihn zögernd anblickte, drängte er sie:

»Schnell, Agnes! Verstehst du denn nicht? Kannst du nicht sehen, daß ich vor Sehnsucht vergeh', ihn kennenzulernen?«

Sie ging niedergeschlagen hinaus. Nach einem Augenblick kam der Junge herein — allein.

George schnappte entzückt nach Luft. Seine Augen füllten sich plötzlich mit unbändigem

Stolz. Was für ein großes Kerlchen! Ein offenes, sommersprossiges Gesicht, blaue Augen — *seine* Augen! — und hübsches dunkelbraunes Haar. Bei Gott, er hatte recht gehabt! Der Junge war sein regelrechtes Ebenbild. Nicht sehr groß für neun Jahre, gewiß, aber mit pfeilgeradem Rücken. Sein Verdienst, ohne Zweifel, sein Verdienst. Er lächelte herzlich und zärtlich.

»Wie heißt du, alter Junge?«

»Georgie.«

Sein eigener Name! Das ging ihm durch Mark und Bein. Kaum konnte er weitersprechen. Er streckte die Hand aus.

»Du und ich, wir wollen Freunde sein, Georgie.«

»Gemacht.«

Eine winzige Pause; dann fragte Georgie:

»Was is denn in den Paketen drin?«

George lächelte beflissen.

»Etwas für dich, mein Junge. Etwas, das dir gefallen wird.« Und rasch wie ein Taschenspieler entfernte er den Bindfaden, das schöne starke Packpapier . . .

»Herrje!« keuchte Georgie. Und dann: »Das is ne Wucht!« Solches Spielzeug hatte er noch nie gesehen, seine Augen wurden riesengroß, sein Gesicht hochrot.

»Das ist nichts«, fiel George schnell ein. »Rein gar nichts, alter Junge. Ich mag dich, Georgie. Hab' dich richtig gern. Ich bin . . . bin ein alter Freund deiner Mutter. Ich werd' eine Menge für dich tun . . . alles werd' ich für dich tun.«

Georgie betastete schüchtern den Zug, als bezweifelte er dessen Realität, dann nahm er die

Lokomotive in die Hand, zog sie behutsam auf, setzte sie auf den Boden. Sie sauste wie ein Wirbelwind über das abgescheuerte Linoleum.
»Meiner Seel!« schrie Klein-Georgie und stürzte hingerissen hinter ihr her. Als Agnes zehn Minuten später wieder in das Zimmer trat, fand sie George und Georgie auf den Knien liegend mit der Eisenbahn spielen.
George erhob sich recht verlegen. Er hatte für den Augenblick Agnes vergessen gehabt, völlig vergessen.
Er staubte sorgfältig seine Knie ab, stand dann nachdenklich da und wischte seine Finger in einem braunen Seidentuch ab. Endlich sagte er, seine Worte abwägend:
»Könnte ich dich jetzt sprechen, Agnes?«
Agnes sagte zu Georgie:
»Geh für eine Minute ins Nebenzimmer, Georgie.«
Georgie packte sein Spielzeug und verschwand.
Nach einer Pause trat George einen Schritt näher und setzte sich, so bequem es möglich war, neben das schwach brennende Feuer. Er schien vorerst noch zu zögern, dann aber hob er den Kopf und sprach ernst auf sie ein.
»Hör mal zu, Agnes. Ich möchte dir etwas sagen. Möchte dir Abbitte tun. Ich hab' unrecht getan. Das seh' ich jetzt ein. Gebe es uneingeschränkt zu. Ich hätte mich nicht auf die Art davonmachen sollen, wie ich es getan hab'. Vielleicht war das wirklich ein niederträchtiges Manöver. Vielleicht war mir das Geld ein bißchen zu Kopf gestiegen. Aber wir sind ja schließlich nur Men-

schen. Doch ich bedaure es, bedaure es mehr, als ich sagen kann.« Sein Ton wurde noch ernster. »Und ich möchte es wiedergutmachen.«

Kerzengrade auf ihrem harten Küchenstuhl sitzend, das blasse runde Gesicht vom Feuerschein erhellt, hörte sie ihm zu.

»Im Hinblick auf deine Verhältnisse war es wohl eine zusätzliche harte Belastung für dich, Agnes, den Jungen aufzuziehen.«

»Ach nein, George«, fiel sie ihm rasch ins Wort. »Ich beklage mich gar nicht. Manchmal war's gewiß recht mühsam, das geb' ich zu.« Sie lachte kurz und verlegen. »Ein- oder zweimal standen wir wirklich ohne einen Sixpence da. Der Tag vor der Auszahlung ist immer der schlimmste, und an den Sonnabenden, wenn ich mein Geld krieg', bin ich wahnsinnig verschwenderisch. Da bring' ich für Georgie einen Kuchen mit. Er hat Sandtorte mit Zuckerglasur so schrecklich gern. Aber ich möcht' um alles in der Welt nicht klagen. Wir waren so glücklich miteinander, er und ich, du würdest es nicht glauben ...« Sie brach ab und errötete über ihren Erguß.

Er sagte gelassen:

»Trotzdem, meine Liebe, hat er für dich eine schwere Verantwortung bedeutet. Eine Verantwortung und eine Belastung.«

»Nein, nein, George, nicht im mindesten, wirklich. Er macht sich nützlich, richtig nützlich, du würdest es kaum glauben, was er alles für mich tut. Weißt du, er kann geradezu wundervoll Tee zubereiten: er wärmt zuerst die Teekanne, gibt genau die richtige Menge hinein, schüttet Milch in meine Tasse, bevor er ihn eingießt — weitaus besser, als ich es tun könnte. Und oft trocknet er das Geschirr für mich ab und zerbricht dabei nie etwas. Oh, er ist so tüchtig, der Kleine! Er geht allein in die Schule und kommt allein zurück, und gibt schön acht unterwegs. Seinen Lunch kriegt er bei Mrs. Sirup unter uns. Und wenn ich abends heimkomme, George, ist er hier, hier zu Hause! Du weißt nicht, was das für mich bedeutet . . . und oft hat er da schon den Tisch gedeckt. Er ist wirklich eine reine Freude für mich. Und im Winter, wie gemütlich ist es da, wenn das Kerlchen an meiner Seite im Bett liegt! Ich hab' ihn ja so gern. Nein, du würdest es wirklich nie glauben, was für einen Trost er für mich bedeutet.«

Fast hätte ihn ein Schauer überlaufen angesichts dieser Enthüllungen über eine triste Hygiene und eine noch tristere Erziehung, aber er unterdrückte ihn und sagte überaus freundlich: »Ich bezweifle es keineswegs, meine Liebe. Du siehst die Dinge eben von deiner Seite. Aber wie steht's mit ihnen, von ihm aus gesehen?«

»Von ihm aus gesehen?« wiederholte sie verblüfft.

»Ja! Glaubst du denn wirklich, daß du mit dieser . . . dieser Lebensweise Georgie irgendeine Chance gibst?«

Sie war völlig entgeistert.

»Sie ist die beste, die ich ihm geben kann«, sagte sie voll Demut.

»Das ist es ja!«

George machte eine Pause, preßte die Lippen zu-

sammen; dann erklärte er mit schöner Offenheit:
»Du hast vielleicht schon erraten, Agnes, daß ich verheiratet bin.«
Es trat kurzes Schweigen ein; sie senkte den Blick.
»Ja, George, ich dachte mir ... ich dachte mir, daß du verheiratet bist.«
»Und noch dazu glücklich verheiratet, kann ich mit Freuden behaupten. Meine Frau ist ... also sie ist eine Lady, Agnes. Sie hat mir in meiner Laufbahn, in gesellschaftlicher Hinsicht, und überhaupt in allen möglichen Dingen geholfen. Sylvia ist ein prächtiges Wesen, verständnisvoll und großzügig. Wir kommen gut miteinander aus, Sylvia und ich.« Er seufzte. »Wir kennen nur einen einzigen Kummer in unserem Leben: wir haben keine Kinder.«
Ohne ihn noch zu verstehen, blickte ihn Agnes dumpf verängstigt an.
»Wenn ich zurückgekehrt bin, werde ich Sylvia alles ... alles über diese ... diese meine jugendliche Unbesonnenheit sagen. Sie wird keinen Anstoß nehmen. Sie kennt das Leben. Sie ist tolerant. Und sie wird, das weiß ich genau, sogar froh darüber sein.«
Sie stammelte:
»Aber warum ... warum willst du's ihr denn sagen?«
Er blickte ihr fest ins Gesicht und sagte:
»Weil ich möchte, daß du mir den Jungen mitgibst.«
Völlig betäubt, blieb sie bewegungslos, ihre

weitaufgerissenen Augen im farblos gewordenen Gesicht vor Schreck versteinert.

Dann flog ihre Hand an die Brust.

»Nein«, keuchte sie. »Nein, George! Das kann ich nicht.«

Er lächelte sie beruhigend und teilnahmsvoll an.

»Nimm's nicht so schwer, meine Liebe. Ich verstehe, daß es dir schwerfällt, so ganz plötzlich eine Entscheidung zu treffen. Aber bevor du dich erregst, bedenke doch . . .«

»Nein! Nein! Ich tu's nicht. Ich will ihn nicht aufgeben!« Ihre Stimme war heiser, unwirklich, tonlos.

»Nun, nun, wir haben ja keine Eile, Agnes. Wollen wir einmal logisch sein und an den Jungen denken. Was für ein Leben hat er hier schon« — mit einer Handbewegung fegte er das Zimmer, den Wohnbezirk, die nachbarliche Hilfsbereitschaft Mrs. Sirups hinweg —, »kann man das denn Leben nennen? Du hast es natürlich wundervoll geschafft. Aber du bist wirklich nicht imstande, ihm jene Art Erziehung zu geben, die er verdient. Nun, ich habe Erfolg gehabt. Ich geb's zu. Ich kann dem Buben Vorteile bieten, die du dir nicht einmal zu erträumen wagst — ein schönes Heim, eine Erzieherin, jeglichen Komfort. Später wird er in ein Internat kommen und die Universität besuchen. Und Sylvia wird ihn ins Herz schließen. Sie sehnt sich so sehr nach einem Kind, hat sogar schon davon gesprochen, eines zu adoptieren. Stell dir das vor! Sie wird Klein-Georgie lieben, wird ihm eine gute Mutter sein.«

»Nein, nein!« ächzte Agnes. »Ich bin es ... ich bin seine Mutter.«
George schüttelte sachte den Kopf.
»Denk doch an den Jungen, Agnes, ich flehe dich an. Du darfst ... du darfst doch nicht so selbstsüchtig sein.«
Sie wiederholte dumpf, wie betäubt:
»Selbstsüchtig?«
»Ja, doch! Schließlich hast du ihn ja all die Jahre gehabt. Während ich, sein Vater, nicht einmal von ihm wußte. Laß ihn doch, in seinem eigensten Interesse, gehen.«
»Ich laß ihn nicht gehen.« Ihre Stimme hob sich, sie war jetzt geradezu hysterisch. »Zuerst hast *du* dich mir entzogen. Du wirst mir nicht auch noch den Sohn entziehen.«
»Aber, aber, Agnes. Böse Worte machen's nicht besser. Ich flehe dich an: Sei doch fair. Du brauchst ihn ja nicht ganz aufzugeben. Du wirst ihn gelegentlich zu sehen bekommen . . .«
»Das glaub' ich dir nicht«, rief sie. »Du hältst mich wieder einmal zum Narren. Ich weiß, worauf du aus bist. Wenn ich ihn gehen lasse, bekomme ich ihn nie mehr, nie mehr wieder zu sehen.«
Ihre Stimme hatte sich in der tödlichen Qual zu Schreien gesteigert.
Der Junge kam, durch den Lärm aufgeschreckt, ins Zimmer gelaufen; er hielt den Hampelmann in der Hand, der noch immer um seine Metallstange Purzelbäume schlug.
»Was is los? Was is denn los?« Sein Gesicht war verwundert, aber keineswegs verstört.

Sie antwortete rasch mit erstickter Stimme: »Nichts! Nichts! Nichts ist los. Geh ins Zimmer zurück und spiel weiter.«
Er zögerte, dann wies er mit seinem Kopf altklug auf George.
»Er hat dir doch nichts getan, Mutter, oder?«
George lächelte ihn rasch und gewinnend an.
»Natürlich nicht, Gott behüte! Ich sagte deiner Mutter bloß, daß wir beide, du und ich, zusammen ... nun ja, eine Art Feiertag machen könnten.«
»Einen Feiertag«, wiederholte der Junge. »Meiner Seel, das möcht' ich. Hab' keinen Feiertag gehabt, solang ich mich erinnern kann.«
»Doch«, weinte seine Mutter. »Oft und oft hast du im Park einen Feiertag gehabt, und ein Picknick noch dazu.«
»Och, das«, rief Klein-George verächtlich. »Das war kein richtiger Feiertag ... bloß Limonade und Kekse!« Und seine Augen richteten sich auf den Mann, der ihm solch wundervolles Spielzeug geschenkt und nun den phantastischen Vorschlag gemacht hatte, gemeinsam einen richtigen Feiertag zu verbringen.
»Möchtest du einen dieser Tage mit mir kommen?« warf George ganz nebenbei hin. »Ich hab' ein hübsches Auto.«
»Und ob!« sagte Klein-George mit einem breiten Grinsen. »Versteht sich!«
Agnes ballte in ohnmächtiger Angst ihre Hände zu Fäusten.
»Du bist ein schlimmer, garstiger Bub. Benimmst dich gar nicht, wie du sollst. Du hast deine

Mutter nicht lieb. Du ... du —« Ihre Stimme schwankte, zitterte, brach ab.

»Hab' doch nichts Böses gemeint, Mutter. Ehrlich nicht.«

Sie wies ihn hinaus.

»Geh sofort ins Nebenzimmer.« Er ging und schloß die Tür ruhig hinter sich.

Schweigen lastete im Zimmer.

An den Tisch gestützt, um Halt zu finden, hielt sie den Blick zu Boden gewandt. Es war ihr, als müßte ihr die Brust zerspringen, so sehr wurde ihr Herz peinvoll zwischen Angst und Liebe hin und her gerissen.

Voll betonter Rücksichtnahme sah er sie nicht an — zumindest nur aus dem Augenwinkel. Er seufzte teilnahmsvoll, stand auf und griff nach dem Hut. Dann stand er da, die personifizierte Rücksicht, und glättete seinen Anzug mit tadellos manikürter Hand.

»Tut mir leid, Agnes«, murmelte er. »Äußerst leid. Es lag nicht in meiner Absicht, dir solchen Schmerz zu bereiten. Bei Gott, das wollte ich wirklich nicht.«

Noch immer an den Tisch gestützt, blieb sie bewegungslos und still. Sie sah ihn nicht an. Hatte nicht die Kraft, ihn anzusehen. Sie fühlte sich schwach, hilflos, völlig ausgehöhlt.

»Aber das ändert natürlich nichts an der Sache. Mein Entschluß ist gefaßt. Ich werde tagelang hier warten, wochenlang, wenn's sein muß. Ohne den Jungen kehre ich nicht heim. Du wirst schon einsehen, daß ich recht habe. Denk doch nach, Agnes. Willst du, daß dein Sohn wie ein Junge aus den Slums aufgezogen wird? Oder willst du, daß ein Gentleman aus ihm wird?«

Mit diesen Worten ging er.

In dieser Nacht schlief sie keine Sekunde. Sie lag ganz still da, hörte Georgie atmen, starrte, stumm duldend wie ein verwundetes Tier, in die Dunkelheit. Draußen schlug es Mitternacht, sie hörte es deutlich. Jetzt ist der Christtag da, dachte sie verwundert. Weihnachten. Sonst hatte ihr Weihnachten immer solche Freude bereitet, wenn sie Georgies Strumpf ausstopfte. Einen Penny in den Vorderfuß, eine Orange in die Ferse, dann ein paar Nüsse, einen blankgescheuerten großen roten Apfel, ein kleines Spielzeug — eine Trompete, zum Beispiel. Und welch ein Spaß am nächsten Morgen im gemeinsamen Bett, seine aufgeregten Schreie: »Schau mal, Mutter! Schau, wie laut ich Trompete blasen kann!«

Doch diesmal war es anders, die teuren Geschenke hatten die ganze Freude getötet, heute und für immer.

Ein tief in ihrer Brust sitzendes Schluchzen erstickte sie fast. Ach, es war ja noch viel schlimmer, weitaus schlimmer als das. »Willst du, daß dein Sohn wie ein Junge aus den Slums aufgezogen wird? Oder willst du, daß ein Gentleman aus ihm wird?« Ein Pendel schwang in ihrem Kopf immer schneller und schneller: Slums — Gentleman, Slums — Gent, Slums — Gent, Slums — Gent ...

»Ich werde tagelang hier warten, wochenlang, wenn's sein muß. Mein Entschluß ist gefaßt.« Das hatte er gesagt, so endgültig, so unerbittlich,

daß es sie umwarf. Sie war in einem Schraubstock gefangen, sie wollte schreien, verzweifelt die Finsternis mit den Händen schlagen. Was konnte sie tun, oh, was konnte sie nur tun? Die Sachen packen und mit Georgie davonlaufen? Sinnlos, völlig sinnlos. Kein Geld, keine Arbeit, und er würde sie auf jeden Fall finden. Wozu war die Polizei da? Dutzendmal hatte sie schon gefürchtet, man würde ihr von Amts wegen Georgie wegnehmen, weil sie arbeiten ging. Ein Rechtsanwalt? Den konnte sie nie erschwingen. Sie war ohnmächtig ... war völlig erledigt. Wogen der Hoffnungslosigkeit rauschten aus der Finsternis auf und schlugen über ihr zusammen. Dann flammte im Sturm, der in ihr wütete, wie ein Blitzstrahl ein Gedanke auf. Welches Recht hatte sie schon, den Vorschlag abzulehnen, den George gemacht hatte? Es war ein wundervolles, ein phantastisches Angebot. Niemand auf der Welt konnte das bestreiten. Ihr Sohn, als Gentleman erzogen. Ach, hätte sie doch mehr für ihn tun können, ihm mehr Vorteile bieten können ... aber sie war unnütz, hilflos, unfähig, einfältig. Das war sie — einfältig. Sie hatte nie aus ihrer Haut heraus können. Sie würde Georgie nur ein Hemmschuh sein.
Sie biß wieder die Zähne zusammen, um nicht einen Schrei auszustoßen. Sei nicht selbstsüchtig, Agnes. Er, George, hatte das gesagt. Und er hatte recht. Um Georgies willen durfte sie nicht selbstsüchtig sein. So grauenhaft es war, sie mußte sich damit abfinden. Sie versuchte, ihre Gedanken in die Zukunft zu wenden, ihren Sohn

als Erwachsenen zu sehen, als Gentleman, in einem Anzug, wie George ihn getragen hatte ... aber irgendwie gelang es ihr nicht. Alles war verwischt, Kopf und Augen schmerzten sie zu sehr.

Sie lag unbeweglich auf dem Rücken, noch immer schlaflos. Die Morgendämmerung kam ganz langsam, füllte das Zimmer mit einem schwachen grauen Schein.

Um acht Uhr stand sie auf, ohne Georgie zu wecken, ging in die Küche und begann das Frühstück vorzubereiten. Ihr Gesicht war starr und seltsam ausdruckslos, als sie das Gas anzündete und den Teekessel aufsetzte. An Festtagen gab es gebratenen Speck mit Toastbrot. Sie machte sich an die Arbeit. Sie briet den Speck genauso, wie er ihn mochte, braun und knusprig, dann belud sie das kleine schwarze Lacktablett und trug es zu ihm hinein.

Er war wach, saß aufrecht da und trommelte mit seiner Handfläche auf das Kopfende des Bettes. Der Anblick des Frühstücks entzückte ihn. Er küßte sie, als sie das Tablett absetzte. »Frohe Weihnachten, Mutter! Ich hab' mich erinnert und hab's als erster gesagt! Fein, nicht? Frohe, frohe Weihnachten!«

Dann begann er, auf einen Ellbogen gestützt, das Tablett unverzüglich leerzuessen.

Sie sah ihm zu, nicht wie sonst auf der Bettkante sitzend, sondern stehend, ganz in sich versunken. Sie liebte es, ihn herzhaft essen, jeden Bissen auskosten zu sehen; es machte ihr tatsächlich mehr Freude, als selbst zu essen. Aber an diesem Morgen sagte sie gleich zu Beginn der Mahlzeit:

»Ich muß für eine Minute weggehen.«

Mit zu vollem Mund, um reden zu können, nickte er verständnisvoll. An den Morgen, da sie nicht arbeitete, ging sie oft auf einen kleinen Klatsch zu Mrs. Sirup oder kaufte eine Zeitung im Papierladen weiter drunten auf der Straße. Sie verweilte noch, als erwartete sie seinerseits einen Protest, vielleicht die Worte: »Geh nicht weg, Mutter, bleib bei mir«, aber er sprach sie nicht aus. Im Vorzimmer griff sie sehr langsam nach Hut und Mantel, als wären ihre Arme schwer und steif. Dann ging sie.

Auf dem unteren Treppenabsatz nahm eben Mrs. Sirup, eine grobknochige Irin mit einem freundlichen Pferdekopf, die Milchflaschen herein.

»Recht schöne Weihnachten, liebe Agnes. Sie sind für einen Christtag früh auf den Beinen. Aber nichtsdestoweniger: ein frohes Fest.«

»Frohe Weihnachten, Mrs. Sirup.«

»Warten Sie doch noch ein Minütchen! Hab' drinnen ein Geschenk für Sie. Einen süßen kleinen Kalender mit einem reizenden Bildchen auf dem Titelblatt; er kommt aus Dublin, stellen Sie sich vor. Warten Sie hier, ich geh' ihn holen.«

Agnes wartete folgsam und nahm den Pappkalender, der in Seidenpapier eingewickelt war, entgegen. Sie dankte Mrs. Sirup und ging zur Straße hinunter.

Da draußen war es sehr still, ein stiller grauer Morgen, eingebettet in einen seltsam starren Nebel. Niemand war weit und breit zu sehen, die Straße war ruhiger als am ruhigsten Sonntag.

Während sie dahinschritt, ertönten plötzlich die Kirchenglocken, weit aus der Ferne, klar und süß wie Klänge über dem Wasser. Unwirklich. Sie taten ihr in der Seele weh.
Zwei Straßen weiter trat sie in eine Telephonzelle. Sie brauchte lange, um im Telephonbuch die Nummer zu finden, ihre Augen schienen nicht richtig zu funktionieren, aber schließlich fand sie sie doch. Sie rief das Hotel an und verlangte George. Während sie auf ihn wartete, hefteten sich ihre Augen auf eine Anzeige im Telephonbuch. Sie lautete: Alfred Nubbin, Leichenbestattungsunternehmen. Eigene Hauskapelle, ehemals Hope Street.
Alfred Nubbin ... Leichenbestattungsunternehmen ... Alfred Nubbin ... Eigene Hauskapelle ...
Sie las das Inserat immer wieder, immer wieder.
»Hallo! Hallo!« Georges Stimme kam so laut und nahe aus dem Hörer, daß sie ganz verwirrt war, als sie zu sprechen begann.
»Ich bin's, George ... Agnes.«
»Du, Agnes!«
»Ja, George, ich möchte dir mitteilen ...« Pause. Dann leierte sie wie eine eingelernte Lektion herunter: »... dir mitteilen, daß ich Georgie nicht im Weg stehen will.«
Sie hörte ihn einen Schrei ausstoßen, etwas sagen, aber alles lief wie Wasser durch ihren Kopf. Er sprach jetzt von Geld. »Ich werde dazu sehen, daß du nicht Not leidest, Agnes, Geld spielt bei mir keine Rolle. Werde für dich sorgen.« Sie wartete geduldig, bis er fertig war, dann sagte sie:

»Nur noch etwas, George.«
Pause.
»Ja, Agnes?«
»Ich kann's nicht über mich bringen, dich zu sehen, George. Ich muß weggehen. Irgendwohin. Aber Georgie wird auf der Vortreppe sein. Um elf.«
Sie ließ den Hörer auf die Gabel fallen, schnitt seine Dankesbezeigung ab. Sie sah nicht, wie er davonstürzte, um Sylvia folgendes Telegramm zu senden: BRINGE DAS SCHOENSTE WEIHNACHTSGESCHENK DER WELT MIT. Nein.
Sie verließ die Zelle und ging wieder nach Hause.
»Ich will dich jetzt anziehen, George.«
Er schnitt ein komisch angewidertes Gesicht.
»Laß mich dich heute anziehen, Georgie.«
»Oh, Mutter! Ich bin doch schon alt genug, um mich selbst anzuziehen.«
»Laß mich trotzdem, Georgie.«
Sie gingen in die Küche zum warmen Feuer. Sie wusch ihm den ganzen Körper mit Seife und ihrem eigenen Waschlappen, zog ihm dann sorgfältig die Sonntagshose und den neuen blauen Pullover an, ihr Weihnachtsgeschenk an ihn, selbst gestrickt. Seine Stiefel waren schon recht mitgenommen, an den Spitzen abgestoßen, aber sie wichste und bürstete sie, bis sie glänzten.
Das Ungewohnte an diesen Vorbereitungen fiel ihm schließlich auf, er sah sie verdutzt an und fragte:
»He, Mutter! Was soll das alles?«
Sie antwortete ruhig:

»Ich hab' mir gedacht, du könntest am Ende doch ein bißchen wegfahren.«
Sein sommersprossiges Gesicht verzog sich langsam zu einem breiten Grinsen. Er entwand sich ihren Händen und hopste freudig im Zimmer herum.
»Ich soll einen Feiertag haben — einen richtigen Weihnachtsfeiertag! Is das ne Wucht! Ich mag diesen Mann, er is ein prima Kerl! Himmel! Was für ein Glückstag!«
»Du wirst dich anständig benehmen, Georgie, ja? Denk immer dran, bitte und danke zu sagen und dein Taschentuch zu benutzen, wenn du dich schneuzen mußt.«
»Klar, tu ich, Mutter! Das wird ein Festtag für ihn und für mich.«
Sie schaute mit leicht schiefgeneigtem Kopf auf die Uhr, als fiele es ihr schwer, die Zeit auszumachen. Drei Minuten vor elf. Zwei Minuten, eine Minute vor elf. Noch immer die Augen auf die Uhr geheftet, sagte sie ruhig:
»Geh jetzt auf die Straße hinunter, Georgie, und schau, ob er kommt.«
Pfeilschnell griff er zu seiner Mütze und schoß zur Tür.
»Warte noch!«
Er wandte sich um, erstaunt über den komisch brüchigen Ton ihrer Stimme. Sie stand halb abgewendet und hielt sich die Seite.
»Noch einen Kuß, Georgie, bevor du gehst.«
»Ach, Mutter, plag mich doch nicht! Ich bin ja noch nicht weg, gelt?« Er gab ihr einen kurzen, flüchtigen Kuß und war schon verschwunden;

klapperte die Stufen hinab, so schnell ihn seine Beine trugen.
Einen Augenblick lang stand sie noch bewegungslos da, dann ging sie, immer noch ihre Seite mit den Händen haltend, ins Vorderzimmer und verbarg sich hinter dem Vorhang. Sie sah Georgie auf dem Gehsteig stehen und eifrig die Straße hinauf und hinunter blicken. Sie sah das Auto um die Ecke biegen und lautlos vorfahren — so lautlos wie ein Phantom, ein Hirngespinst. Dann sprang George aus dem Wagen, streckte Georgie beide Hände entgegen. Sie sprachen miteinander. Ihr Gesicht war wie aus Holz geschnitzt, als sie sie reden sah; es war ein kurzes, fröhliches Gespräch, in dem George wohl erklärte, daß alles in Ordnung sei. Ein- oder zweimal blickten sie zu dem leeren Fenster hinauf, hinter dem sie stand, dann stiegen beide in den Wagen.
Ohne den geringsten Aufenthalt fuhr das Auto weg, bog um die Ecke, war verschwunden.
Die Straße war wieder leer.
Sie mußte lange Zeit am Fenster gestanden haben — gedankenlos, denn sie konnte nicht denken, blicklos, denn es gab nichts zu sehen. Doch endlich wandte sie sich mit hängendem Kopf und wie gelähmten Beinen ab. Sie ging in die Küche, ließ sich schwer auf den Stuhl neben dem Tisch fallen. Dann sah sie sein blaugestreiftes Nachthemd auf dem Boden liegen. Sie stand mechanisch auf, legte es säuberlich zusammen, setzte sich wieder.
Auf der Ecke der Kommode stand noch immer, ganz verloren und nur zur Hälfte geschmückt,

der Christbaum, das kleine Gespenst eines Christbaums. Dann fiel ihr der Kalender, Mrs. Sirups Geschenk, ins Auge, und sie wickelte ihn aus dem Seidenpapier. Es war wirklich ein reizendes Bild, ein Weihnachtsbild, Bethlehem, Maria mit dem King. Agnes starrte es fasziniert an. Ein nettes Bild, tatsächlich, sehr nett; das Baby war genauso süß und winzig, wie Georgie es einst gewesen war. Auch hier Weihnachten ... wie lieb ... Aber anders als ihres.

Wie still es im Haus war, wie schauerlich still.

Sie erinnerte sich, daß sie noch kein Frühstück gehabt, den ganzen Tag nichts zu essen hatte. Sie mußte sich eine Tasse Tee machen, ja, nach einer Tasse Tee würde sie sich besser fühlen — Tee, wie Georgie ihn machte: er erwärmte zuerst die Teekanne, gab genau die richtige Menge hinein, tat dann Milch und Zucker in die Tasse, bevor er ihn eingoß ...

Alfred Nubbin, Leichenbestattungsunternehmen. Eigene Hauskapelle, ehemals Hope Street.

Ruhig und leicht verwirrt, mit geistesabwesendem Blick erhob sich Agnes vom Tisch. Zuerst sperrte sie die Tür zu, ließ mit fester Hand die Jalousie herunter. Dann steckte sie den Kopf in das Backrohr und drehte den Gashahn auf.

Wilde Rose

Auch vergangenen Sommer unternahm ich in Irland, auf der geliebten grünen Insel, eine Pilgerfahrt, die mir zum Herzensbedürfnis geworden ist.
Vor Jahren war ich als junger Arzt nach Dublin gekommen, um am Rotunda-Hospital zu praktizieren. Die mir zugeteilten Fälle lagen in einem der ärmsten Stadtbezirke, und auf meinen Runden durch diese triste Gegend lernte ich Rose Donegan kennen.
Ich begegnete ihr gewöhnlich auf der Loughran Street, wo sie beim öffentlichen Hydranten Wasser holte; das Baby, ein schweres, neun Monate altes Kind, war mit einem zerfetzten Schal an ihre schmächtige Gestalt gebunden. Rose war ungefähr vierzehn Jahre alt; ihre tiefblauen Augen wirkten enorm in dem ernsten kleinen Gesicht. Drei andere Kinder im Alter zwischen fünf und neun Jahren hingen ihr am Rock, eine gewisse Ähnlichkeit in den Zügen und die einheitlichen Rotschöpfe wiesen sie ebenfalls als Donegansprößlinge aus.
Der Kontrast zwischen dem Schmutz der Umgebung und dem unentwegten Leuchten ihrer Augen erweckte mein Interesse an diesem seltsamen kleinen Geschöpf. Ich begann ihr einen guten

Morgen zu wünschen, und nach einigen Tagen entlockte ihr dieser Gruß ein ernsthaftes und schüchtern antwortendes Lächeln. Allmählich — sie war nicht leicht aus ihrer Reserve herauszuholen — ging ich zu freundschaftlichen Worten über.

Etwas später erfuhr ich, daß Rose, die drei jüngeren Kinder und das Baby Michael vor acht Monaten ihre Mutter verloren hatten. Sie lebten mit ihrem Vater Danny Donegan in einer Kellerwohnung im gedrängt vollen Kaninchenbau der Loughran Street. Danny, ein schwacher, aber äußerst gutmütiger Mann, arbeitete gelegentlich in der Werft. Friedlich und voll der besten Absichten verbrachte er den größten Teil seiner Zeit und seines Geldes in der nahegelegenen Shamrock-Bar. So fiel es Rose zu, die Last des Haushalts auf ihre Schultern zu nehmen, die beiden Zimmer sauber und ordentlich zu halten, ihren unsteten Vater zu lenken, nach besten Kräften die Reste seines Verdienstes zu retten, zu kochen und für die Kinder zu sorgen.

Obgleich Rose allen ihren Geschwistern in Liebe verbunden war, hatte sie das Baby Michael doch am innigsten ins Herz geschlossen. Wenn sie es an sonnigen Nachmittagen in das Randgebiet des Phoenix-Parks trug, stolperte sie unter seinem Gewicht, aber das entmutigte sie nicht. Nichts entmutigte sie. Sooft ich sie so entschlossen auf dem überfüllten, dreckigen Gehsteig dahinwandern sah, gebeugt unter der Last ihrer Besorgungen, um beim Metzger einen Schinkenrest zu erhandeln oder ihren Kredit beim Bäcker um einen zusätzlichen Laib Brot zu erweitern, bewunderte ich ihre ungebrochenen Lebensgeister. Sie war durchaus nicht blind für das, was sie umgab. Sie hatte das elementare Wissen eines Slumkindes, ein keineswegs von Scham angekränkeltes Verständnis für die harten Mysterien des Lebens — gemischt mit einer geradezu erhabenen Unschuld. Diese großen nachdenklichen Augen im verschmierten Gesichtchen enthielten die Weisheit ganzer Zeitalter. Aber mehr noch — sie enthielten einen unergründlichen Born von Liebe.

Mein anfängliches Interesse für das Kind wurde allmählich von tiefer Anteilnahme abgelöst. Ich fühlte mich verpflichtet, etwas für sie zu tun, und als ich durch Zufall das Datum ihres Geburtstages entdeckte, ließ ich von einem Konfektionsgeschäft in der O'Connell Street ein Paket an sie liefern. Es tat gut, sie sich in einem warmen Tweedkleid, festen Schuhen und Strümpfen — und dies alles aufeinander abgestimmt! — vorzustellen.

Ich ging ihr für ein paar Tage aus dem Weg, doch lächelte ich, wenn ich mir ausmalte, wie sie in ihrem Sonntagsstaat stolz zur Messe ging und dabei die neuen Schuhe eindrucksvoll durch das Kirchenschiff knarrten. Doch als ich sie am nächsten Montag wiedersah, mußte ich zu meiner Überraschung feststellen, daß sie noch immer ihre Lumpen trug, das Baby noch immer mit dem zerfetzten Schal an sie gebunden war.

»Wo sind deine neuen Kleider?« platzte ich heraus.

Sie errötete bis unter die Haarwurzeln und sagte dann: »Also von Ihnen waren die.« Nach einer langen Pause, in der sie mich nicht ansah, fügte sie schlicht hinzu: »Sie sind im Pfandhaus. Es war nichts im Haus. Michael mußte seine Milch haben.«

Ich starrte sie schweigend an, in der Erkenntnis, daß sie immer sich selbst opfern, immer alles, was ihr gehörte, diesem heißgeliebten Brüderchen abtreten würde. Sie sah so hinfällig aus, daß mich eine neue Welle des Mitleids überschwemmte. Am nächsten Tag suchte ich Father Walsh auf, dem der Pfarrsprengel Loughran Street unterstand.

Sein Gesicht erhellte sich, als ich auf Rose zu sprechen kam, und nachdem ich mein Anliegen vorgebracht hatte, dachte er eine Zeitlang nach, dann gab er mit einem langsamen Kopfnicken seine Zustimmung.

»Es wird Ihnen schwerfallen, sie zu überreden«, sagte er mit einer leichten Grimasse, als er mich zur Tür geleitete. »Sie ist eine perfekte kleine Mutter. Das ist die Kraft, die ihr Leben ausfüllt.«

Nach einem entsprechenden Briefwechsel ging ich eine Woche später kampfbereit in die Loughran Street. Die Kinder saßen um den Tisch, während Rose mit besorgter Miene die letzten Reste eines Brotlaibs in Portionen zerschnitzelte.

»Rose«, sagte ich, »du kommst weg.«

Sie sah mich verständnislos an und strich eine Haarsträhne zurück, die ihr auf die gerunzelte Stirn gefallen war.

»Zu Freunden von mir, in Galway«, fuhr ich beharrlich fort. »Für einen Monat. Auf einen Bauernhof, wo du nichts anderes zu tun hast, als die Hühner zu füttern, in den Feldern herumzustreifen und literweise Milch zu trinken.«
Einen flüchtigen Augenblick lang leuchtete erwartungsvolle Freude in ihrem Gesicht auf, schwand aber schnell dahin. Sie schüttelte den Kopf.
»Geht nicht. Ich muß mich um die Kinder kümmern . . . und auch um Dad.«
»Für die ist bereits gesorgt. Die Nonnen werden sich ihrer annehmen. Du mußt aufs Land, Rose, sonst brichst du völlig zusammen.«
»Ich kann's nicht«, sagte sie. »Ich könnt' mich nicht vom Baby trennen.«
»Hol's der Teufel, du kannst es mitnehmen.«
Ihre Augen erglänzten in einem wundervollen Licht. Noch heller leuchteten sie, als wir sie am nächsten Tag mit ihrem Schützling in den Zug setzten. Als die Lokomotive anfuhr, schaukelte sie das Baby auf ihren knochigen Knien und flüsterte ihm ins Ohr: »Kühe, Michael . . .«
Die Nachrichten, die unsere Freunde, die Carrolls, uns schickten, lauteten erfreulich. Rose nahm zu, sie arbeitete am Hof. Ihre eigenen, recht unorthographischen Postkarten atmeten ein Glück aus, wie sie es zuvor nie gekannt hatte — und endeten unabänderlich mit dem seligen Bericht, wie gut Michael der Landaufenthalt bekam.
Der Monat verstrich rasch. Und gegen sein Ende zu platzte die Bombe. Die Carrolls wollten Mi-

chael adoptieren. Sie waren in mittleren Jahren, kinderlos und begütert. Sie hatten das Kind liebgewonnen und konnten ihm Vorteile bieten, die weit über das hinausgingen, was ihm sein eigenes Heim geben konnte.

Danny natürlich fand die Sache »phantastisch«. Aber da war Rose zu berücksichtigen, und die Entscheidung wurde ausschließlich ihr überlassen. Niemand von uns wußte, wie sie sich entscheiden würde und was es sie kostete, einen Entschluß zu fassen, bis sie — allein — zurückkam. Sie freute sich, die anderen Kinder und den Vater wiederzusehen, aber während der ganzen Fahrt vom Bahnhof saß sie still und in sich gekehrt da, wie in einem traurigen Traum befangen. In der Loughran Street riß sie sich zusammen und nahm langsam wieder die Zügel der Wirtschaft in die Hand. Sie war sogar noch eifriger als zuvor. Auf ihr Drängen nahm sich Danny zusammen und verpflichtete sich an einem denkwürdigen Tag tatsächlich, dem Alkohol abzuschwören. Natürlich bestand keine Garantie dafür, daß sein neues Leben von Dauer sein würde; Rose war aber immerhin während der Zeit, da er nüchtern blieb und regelmäßig arbeitete, imstande, alle verpfändeten Hausgüter auszulösen, so daß die Kellerwohnung etwas wie ein heimeliges Aussehen annahm. An manchen Sonnabenden gelang es ihr sogar, ein paar Shillinge in die Teebüchse auf dem Kaminsims zu stecken.

Doch als ich eines Nachmittags bei ihr vorbeikam, um sie zu beglückwünschen, fand ich sie in

Tränen aufgelöst am Küchentisch sitzen. Ich befragte sie nicht um den Grund ihrer Traurigkeit. Schweigend ergriff ich ihre Hand und hielt sie lange Zeit umfaßt.
»Ach, es ist ja zu seinem Besten«, seufzte sie endlich und trocknete sich tapfer die Augen. »Ich will ihm nicht im Weg stehen.«
Von Zeit zu Zeit trafen Nachrichten über das Baby ein. Michaels Pflegeeltern sparten keine Mühe, es gut zu hegen; schon sprachen sie von ihm wie von ihrem eigenen Sohn.
Doch eines Morgens traf ein schreckensvoller Brief ein. Michael war von Lungenentzündung befallen worden.
Mit bleichen Wangen und zusammengepreßten Lippen starrte Rose den Brief an. Dann bewegte sie sich mit steifen Schritten zur Teebüchse auf dem Kaminsims und begann das Geld für ihre Bahnfahrt abzuzählen.
»Ich fahr' zu ihm.«
Alle Einwände fegte sie ungestüm beiseite. Wir wüßten doch, daß sie alles über das Kind vermochte: daß es Nahrung zu sich nahm, wenn es fieberte, und seine Medizin schluckte, wenn es verdrossen war. Durch bloßes Streicheln seiner Stirn konnte sie es einschläfern. Mit entschlossener Miene machte sie sich zur Reise bereit, veranlaßte eine Nachbarin, sich der Kinder anzunehmen, und fuhr dann mit der Straßenbahn zum Bahnhof.
Noch am selben Abend etablierte sie sich, keine Widerrede duldend, als Michaels Pflegerin im Haus der Carrolls.

Es war ein böser Fall. Sooft Rose sein mühsames Atmen beobachtete, spiegelte sich unerträgliche Angst auf ihren Zügen. Sein Husten war ihr am fürchterlichsten. Einen Arm um seinen Nacken gelegt, stützte sie ihn, ohne der Ansteckungsgefahr zu achten, so lange, bis der Anfall vorbei war. Sie rieb sich Tag und Nacht an seinem Bett auf. Endlich war die Krise überwunden; man sagte ihr, daß Michael wieder gesunden werde. Sie erhob sich schwindlig vom Bett und preßte beide Hände an die Stirn. »Jetzt kann ich mich ausruhen.« Sie lächelte schwach. »Ich hab' so schreckliche Kopfschmerzen.«

Sie hatte sich dennoch an Michael angesteckt. Aber nicht an den Lungen, nein, schlimmer. Sie bekam tuberkulöse Gehirnhautentzündung und kam nicht mehr zu Bewußtsein. Ich glaube bereits gesagt zu haben, daß sie vierzehn Jahre alt war.

Vergangenen Sommer wehte durch den lieblichen Friedhof im Moorland ein milder Westwind von der Galway-Bucht herüber, er brachte von den nahen weißverputzten Landhäuschen den Duft nach Torfrauch mit, den Atem, die Seele Irlands. Auf dem schmalen grünen Hügel lagen keine Kränze, aber halbversteckt im Gras wuchs der winzige Schößling einer wilden Rose, der an seinem dornigen Stiel eine einzige weiße Blüte trug. Plötzlich kam hinter grauen Wolken die Sonne heraus und schien mit voller Kraft auf die weiße Blüte, auf die kleine weiße Tafel, die ihren Namen trug.

Das falsche Gebiß

Oma Scott kam in Opa Cleggs Zimmer gehumpelt und setzte sich ihm gegenüber. Sie maßen sich mit den Blicken, magisch zueinander getrieben von der Sehnsucht alter Menschen nach Gesellschaft und von der Gewalt ihres gegenseitigen Hasses.

»Dein Zimmer riecht muffig«, sagte sie endlich und rümpfte die Nase. Sie hatte recht: die kleine Behausung roch übel nach Tabakrauch, abgestandenem Essen und dem alten, verbrauchten Mann selbst.

»Mir ist es recht so«, antwortete er würdevoll und fuhr fort, seine Tonpfeifen zu füllen, damit er jederzeit einen stattlichen Vorrat zur Verfügung hätte, an dem er seinen Blick weiden konnte.

»Ich mochte schlechten Geruch nie leiden«, stichelte sie. »Ich war immer für frische Luft.«

»Dann genießen Sie sie doch in Ihrem eigenen Zimmer, Gnädigste. Mach die Fenster auf, solang du willst, und hol dir eine Lungenentzündung. Die überstehst du ohnehin nicht — in deinem Alter.«

Sie tat amüsiert und ließ ein kurzes, verächtliches Kichern hören:

»Ich werde noch auf deinem Begräbnis tanzen.«

»Tanzen?« spöttelte er. »Weib — du kannst ja kaum mehr gehen!«
Sie wechselte schnell das Thema und griff von einer anderen Seite an.
»Ich habe heute ein wunderschönes Stück Schinken zu meinem Tee bekommen — ganz zart — mhm! . . .« Sie sog verzückt ihre welken Lippen ein.
Das brachte ihn ein wenig aus der Fassung; auf seinem Tablett hatte er nur Käse vorgefunden. Er kratzte nervös an einer Pfeife herum.
»Ach Gott«, meinte er schließlich. »Schinken hat doch keinen Nährwert.«
»Du hättest ihn sehen sollen — so mager — und ein ganz dickes Stück noch dazu . . .«
»Ich habe gestern zwei Portionen Vanillepudding bekommen«, murmelte er.
» . . . und wie er schmeckte!« fuhr sie träumerisch fort. »Saftig! Fleischig!«
Das Wasser lief dem alten Mann im Mund zusammen und tröpfelte auf seinen Bart hinunter; er starrte sie zornig unter den tiefhängenden Augenbrauen hervor an.
»Glaubst wohl, du bist besonders schlau, was?« greinte er. »Sich hinter dem Rücken anderer Leute Vergünstigungen und Leckerbissen zu erschleichen — so was Gieriges. Du wirst dir den Magen ruinieren.«
»Nein, nein«, antwortete sie prompt. »Ich habe keine vom Whisky zerfressenen Magenwände wie ein gewisser Jemand, den ich kenne. Ich habe mich in meiner Jugend anständig aufgeführt. Hehe — hehe . . .« Sie kicherte über ihren gelun-

genen Angriff auf seine zweifelhafte Vergangenheit. »Nein, nein. Dem Allmächtigen sei Dank — *ich* bin gesund. Ich habe eine großartige Verdauung und phantastische Zähne —« Sie bleckte in stolzer Selbstgefälligkeit ihre großen, grünlich schimmernden falschen Zähne.

»Ich habe selbst auch gute Zähne«, murrte er trotzig; er fühlte, daß sie bei diesem Duell besser abschnitt. »Ein richtiges Gebiß, das richtig viel Geld gekostet hat!«

»Ja wirklich, und ein richtiges Glück für dich«, krähte sie. »Wenn du keine Zähne hättest — bei deiner schwachen Konstitution würdest du keine vier Wochen mehr leben.«

Er starrte sie haßerfüllt an, und sie starrte mit gleicher Bosheit zurück. So verbrachten sie Stunden: zankend und streitend, voll Eifersucht die Zeit totschlagend, einmal in seinem Zimmer, dann wieder in ihrem. Jedes hatte ein Zimmer im obersten Geschoß des Hauses — im Haus des Tuchhändlers Scott in Levenford. Oma Scott, die einundachtzig Jahre zählte, war die Mutter des Tuchhändlers, Opa Clegg, zweiundachtzig Jahre alt, nur der Vater der Frau des Tuchhändlers. Nachdem sie beide ihre Ehepartner überlebt und die Wechselfälle des Lebens eine Zeitlang getrennt ertragen hatten, waren sie nun unter einem Dach vereint, mittellos, widerwillig geduldet, nur durch eine einzige Wand voneinander geschieden. Das Armenhaus war ihnen erspart geblieben — aber nicht aus Kindesliebe, sondern weil es die gesellschaftliche Stellung des Tuchhändlers in der Stadt verlangte.

Die alte Frau war klein und krumm, sie hatte eine scharfe Zunge und eine stets mißtrauisch gerümpfte Nase; die Haut ihres Gesichts war von einem stumpfen, trockenen Gelb, doch ihre dunklen Augen blickten lebhaft; ihre Lippen bildeten einen dünnen, abwärtsgezogenen Strich unter dem eisgrauen Schnurrbart; auf dem Kopf trug sie eine perlenbestickte Haube, und ein langes schwarzes Kleid bauschte sich über einer ganzen Reihe von Unterröcken.

Der alte Mann hingegen war groß und hager, seinen knochigen kahlen Kopf zierte ein weißer Bart, der von schmutziggelben Strähnen durchzogen war. Die abgetragenen Kleider schlotterten an seinem Körper, die zerrissenen Pantoffel hingen an seinen Füßen wie grobe Holzschuhe, seine umschatteten blauen Augen tränten, die eingefallenen Wangen waren von feinen roten Äderchen durchzogen, seine große geschwollene Nase erinnerte an eine überdimensionale zerquetschte Erdbeere, die zu lange im Regen gelegen hat. Diese Nase sprach allzu deutlich von der Vergangenheit, denn Opa Clegg war in seinen besten Jahren ganz und gar der Flasche verfallen gewesen; nun konnte er sich diese Seligkeit leider nicht mehr verschaffen.

Die beiden so verschiedenen Menschen verabscheuten einander; und doch verband sie eine gemeinsame Eifersucht, eine gemeinsame Gier, eine gemeinsame Furcht, daß der eine vielleicht sich einer größeren Begünstigung erfreuen könnte als der andere — durch den Tuchhändler, des Tuchhändlers Frau oder das Schicksal selbst. Sie lebten in ihren Zimmern, die nicht mehr als schmutzige Löcher waren, streng abgesondert von der übrigen Familie, die Mahlzeiten wurden ihnen auf Tabletts serviert; so vegetierten sie dem Tod entgegen. Dennoch hielten sie gierig, hartnäckig, wollüstig am Leben fest; und einer trachtete den anderen zu übertrumpfen mit seiner Langlebigkeit.

Eine Stunde lang schwiegen sie. Schließlich rührte sich Oma Scott.

»Nun«, sagte sie, indem sie sich langsam und mit Mühe erhob, »ich kann schließlich nicht die ganze Nacht hier sitzen bleiben. Von dem Zeug, das du rauchst, muß ja jedem Menschen schlecht werden. Ich gehe jetz ins Bett.«

»Gute Idee, verschwinde«, murmelte er, ohne die Pfeife aus dem Mund zu nehmen.

Oma Scott blieb einen Moment in der Tür stehen und hielt sie leicht geöffnet, damit Opa Clegg etwas von dem Zug abbekäme, der entstand. Dann sagte sie:

»Mein Enkelsohn wird bald zurück sein. Sein Schiff hat vergangene Woche Gibraltar passiert. Er bringt mir bestimmt was mit.«

»Mir wird er auch was bringen«, schnappte er zurück. »Er ist genauso mein Enkelsohn wie deiner!«

»Ich bin nicht so sicher, ob er an dich denkt.«

»Aber ich. Mach, daß du rauskommst.«

»Mir bringt er einen seidenen Schal, glaube ich.«

»Mach die Tür zu, verdammt!«

Sie lächelte ihn an: ein kleines verzerrtes Lächeln; dann ging sie hinaus und ließ die Tür hinter sich offen.

Als sie in ihrem Zimmer ihr Mieder aufzuhaken begann, lag dieses rätselhafte und doch triumphierende Lächeln noch immer auf ihren Lippen, wie ein Omen, eine Vorahnung eines ganz unglaublichen Ereignisses, das sich im Hause vorbereitete. Bald jedoch lag sie in ihrem Bett, und bald tönte ihr sanftes Schnarchen im Gleichklang mit den tiefen Oktaven aus dem Zimmer nebenan zum nachtschwarzen Himmel empor.

Am nächsten Morgen wurde sie bei ihrer bescheidenen Morgentoilette durch einen lauten Krach erschreckt, dem ein markerschütternder Schrei folgte. Ihre klammen Röcke in der Hand, hielt sie den Atem an, denn der Krach hatte sich angehört, als sei etwas in Stücke gegangen, und der Schrei war der eines von Schmerz gepeinigten Menschen gewesen. Sie überlegte — und tröstete sich sogleich mit der Tatsache, daß ihr selbst nichts passiert war. Der Lärm war aus Opa Cleggs Zimmer gedrungen, und im nächsten Augenblick kam er selbst zu ihr hereingestolpert. Sein Gesicht war schreckverzerrt.

»Ich — ich hab' mein Gebiß zerschlagen«, keuchte er mit von Entsetzen weit aufgerissenen Augen. »Ich hab' das Glas umgestoßen, in dem ich sie aufbewahre. Sie sind kaputt.« Ein paar Sekunden lang starrte sie ihn verständnislos an, dann breitete sich ein Lächeln unaussprechlicher Freude über ihre harten Züge. Sie weidete sich an seinem Unglück; doch zuerst mußte sie Gewißheit haben.

»Kann man sie wieder reparieren?« fragte sie.
»Nein, nein«, jammerte er, »sie sind auf den Kaminstein gefallen. Die Platte ist in tausend Trümmern.«
Entzückt und überzeugt, daß der Schaden nicht wieder gutzumachen war, begann sie hemmungslos zu lachen — ein dünnes, giftiges Lachen.
»Das geschieht dir recht«, rief sie. »Das wird dir eine Lehre sein.«
»Wie soll ich jetzt kauen?« murmelte er kläglich aus zahnlosem Mund.
»Du wirst saugen müssen wie ein Baby«, gluckste sie und bleckte triumphierend ihre eigenen künstlichen Zähne. »Von nun an wirst du nie mehr ordentlich essen können.«
»Ich brauche ein neues Gebiß«, klagte er — verzweiflungsvoll, denn er wußte, daß jede Hoffnung vergeblich war.
»Nein, nein«, höhnte sie, »mein Sohn wird dir keines mehr schenken. Da bin ich ganz sicher. Ich werde ihm sagen, daß er's nicht tun soll.« Dann schlug sie plötzlich einen neuen Ton an und verströmte abscheuliches frommes Mitleid. »Armer Kerl, armer Kerl! Es ist Gottes Wille«, murmelte sie in heuchlerischem Mitgefühl. »Du wirst von deinem Essen nichts mehr haben — möglich, daß der Verlust deiner Zähne dein Ende bedeutet. Gottes Wille geschehe!«
Er warf ihr als Antwort einen erschrockenen, bösen Blick zu und schleppte sich aus dem Zimmer.
Am selben Tag noch wagte er sich, auf die Gefahr hin, den Tuchhändler ernstlich zu erzürnen,

in die verbotenen Regionen hinunter, das zerschlagene Gebiß wie eine heilige Reliquie in der Hand haltend, und brachte mit herzzerreißenden Worten sein Anliegen vor. Die Bitte wurde ihm abgeschlagen — rundweg, endgültig, ja sogar verachtungsvoll. Man deutete ihm, ohne es auszusprechen an, daß das Ganze ein Wink der göttlichen Vorsehung sei: Opa Clegg hätte gut und lange genug gelebt.

Geschlagen kletterte der Alte schwerfällig wieder zu seiner Höhle empor und ließ sich verzweifelt auf die gebrochenen Sprungfedern seines schäbigen Lehnsessels nieder. Sie hatte auf ihn gewartet.

»Nun«, kicherte sie, »hast du deine hübschen neuen Zähne bekommen? Nein, an deinem Gesicht sehe ich, du hast sie nicht bekommen. Gütiger Gott, es war der . . .«

Es war der Beginn eines Bombardements. Sie ließ ihn von Stund' an nicht mehr in Frieden. Sie machte ihm seinen Verlust noch schwerer, vertiefte die Intensität seines Leidens, mästete sich harpyiengleich an seinem Elend. Tag für Tag traktierte sie ihn mitleidslos mit ihren giftigen Späßen, erstickte ihn in heuchlerischem Mitgefühl. Sie behauptete unter schweren Seufzern, sehen zu können, wie er vor ihren Augen durch mangelhafte Ernährung dahinschwinde, und beeilte sich sogar selbst mit dem Essen, um mit tiefer Befriedigung seine schwachen und hörbaren Versuche der Nahrungsaufnahme beobachten zu können.

Ihre Sticheleien und ihre Beileidskundgebungen

erfüllten ihn mit dumpfer Wut. In seinem Gehirn begannen wirre Gedanken zu brodeln. Sein Haß wurde nun auch vom Neid geschürt: er wollte ihr Gebiß haben! Er konnte infolge des Verlustes sein Essen nicht mehr mit Wohlbehagen verzehren und fühlte, daß seine Kräfte zu schwinden begannen; die Ungerechtigkeit, daß sie Zähne besaß und er nicht, versetzte ihn in kindische Verzweiflung; das Problem wurde von äußerster Wichtigkeit für ihn, eine Frage von Leben und Tod.

Als seine Erbitterung und Hoffnungslosigkeit ihren Höhepunkt erreicht hatten, kehrte Frank, der Enkelsohn, aus China zurück. Er war Schiffsingenieur, ein frischer, munterer Junge, dem es — wie Oma Scott vorausgesagt hatte — wohl zuzutrauen war, daß er einer alten Frau ein Geschenk mitbrachte. Er erfüllte ihre Erwartungen, indem er ihr einen Schal brachte, und es gab auch ein Geschenk für Opa Clegg.

Trotz seiner Niedergeschlagenheit schnaufte Opa Clegg vor Überraschung, als er es sah. Allein mit ihm in seinem Zimmer, hatte Frank ihm einen bedeutungsvollen Rippenstoß versetzt, wie um zu sagen: Wir wissen Bescheid, wir Männer von Welt, und er zog mit listigem Lächeln einen langen runden Gegenstand aus seiner Manteltasche. Eine Flasche — eine Flasche Whisky!

»Aber«, sagte Frank, »nicht alles auf einmal, Opa. Nur als Medizin, versteht sich. Du warst gut zu mir, als ich ein kleiner Junge war, und ich vergesse das nicht. Nur teile es dir gut ein. Ein Schlückchen vor dem Schlafengehen, ja?«

Opa Clegg verschlang die Flasche mit den Augen, während er gierig die Krallen danach ausstreckte. Sein ganzer Körper wurde von heftiger Erregung geschüttelt, Speichel troff aus seinem Mund und ein komisches Geräusch drang aus seiner Gurgel.
»Danke, Frank, danke, danke«, stammelte er und konnte sein Glück nicht fassen. »Ich werde das gute Zeug nicht mißbrauchen. Hab' seit fünf Jahren keinen Tropfen zu Gesicht bekommen. Ich werd' mich zurückhalten, bestimmt.« Zitternd schlurfte er zu seinem Schrank und verbarg die Flasche darin.
»So ist's recht, Opa«, rief Frank und schlug dem alten Mann dumpf auf den Rücken. »Mach dir von Zeit zu Zeit die Kehle feucht — aber kein Wort darüber, hörst du?« Nach einer Pause: »Na, ich muß jetzt wieder hinunter. Bis morgen dann.« Und er verabschiedete sich, wirbelte aus dem Zimmer und polterte schon die Stiegen hinunter.
Opa Clegg setzte sich. Zum erstenmal seit zwei Wochen dachte er nicht mehr an seinen unglückseligen Verlust, sondern war glücklich. Er liebte den Whisky, und nun hatte er eine ganze Flasche für sich allein. Erinnerungen an längst vergangene Zechfreuden stürmten auf ihn ein. Seine schwachen, wäßrigen Augen glänzten, sein Blick wurde geistesabwesend, er befeuchtete verstohlen die Lippen. Natürlich würde er vorsichtig sein, er würde den Genuß des göttlichen Getränks unendlich in die Länge ziehen. Doch dessenungeachtet war es herrlich, im geheimen und ganz

für sich allein eine volle Flasche exquisiten alten Whiskys zu besitzen. Bei dem Gedanken allein wurde ihm warm ums Herz.

»Was hat er dir mitgebracht?«

Erschrocken sah er auf. Er war so in seine Gedanken versponnen gewesen, daß er Oma Scotts filzpantoffelgedämpftes Eintreten nicht gehört hatte. Trotzdem begab er sich sofort in Verteidigungsposition; er war auf der Hut, ganz Argwohn und Verschlagenheit. Sie durfte nichts von seinem Whisky erfahren, sonst würde sie ihn mit ihm teilen wollen. Sie konnte das Geheimnis sogar ausschwatzen und bewirken, daß man ihm seine kostbare Errungenschaft wieder abnahm.

»Nichts, gar nichts«, antwortete er bekümmert. »Niemand denkt an mich.«

»Das habe ich erwartet«, gab sie triumphierend zurück. »Schau! Ich habe diesen wunderhübschen Schal bekommen. Ich war immer Franks Liebling. Er denkt jedesmal an mich.«

Er warf ihr einen schiefen Blick zu, wie gewöhnlich voll Abscheu, aber nun mit steigender Verachtung gemischt. Der Gedanke, daß er sie betrog, daß er sie mit seiner Elendsmaske dazu brachte, über seinen verwahrlosten Zustand in Wehklagen auszubrechen, bereitete ihm ein hämisches Vergnügen, gemischt mit dem wärmenden Gefühl einer köstlichen Überlegenheit. Sie und ihre Schals! Wo er doch eine Flasche vom Besten ganz für sich allein hatte, sorgfältig in seinem Schrank verstaut!

Die Stunden gingen dahin. Er trank seinen Tee mit größerem Wohlbehagen als seit Tagen, rauchte eine Pfeife und brachte die abendliche Sitzung mit Oma Scott in friedlicher Gelassenheit hinter sich. Er war von seinen erfreulichen Gedanken so sehr in Anspruch genommen, daß ihre Bosheiten diesmal an ihm abprallten und ihn völlig ungerührt ließen. Doch als es spät und später wurde, fühlte er eine leise Ratlosigkeit in sich, wetzte unbehaglich in seinem Sessel hin und her, blinzelte forschend zur Uhr hinauf. Er wollte sie fort, aus dem Weg haben, doch er wußte ganz genau, daß ein einziges ungeduldiges Wort von ihm sie mißtrauisch machen und für eine weitere Stunde auf ihrem Sitz festnageln würde.

Endlich erhob sie sich und wünschte ihm auf ihre Art gute Nacht: »Kein Wunder, daß Frank dir nichts mitgebracht hat. Du bist ein mürrischer alter Griesgram.« Dann gluckte sie indigniert wie eine alte Henne und ging. Er lachte lautlos hinter ihr her, während sie zur Tür hinaushumpelte. Was für eine Närrin! Und nun war er allein, hörte etwas später das Bett nebenan knarren, das ihren Körper aufnahm, war allein und unbeobachtet. Noch ein letzter Blick ringsum, um sicher zu sein, daß niemand seine Einsamkeit stören könne, und seine Augen richteten sich auf den Schrank. Mit kurzen eiligen Schritten folgte er dem Weg, den er in Gedanken heute schon so oft gegangen war. Er öffnete die Tür und nahm die Flasche heraus, zusammen mit einem kleinen Glas, das für seine Medizin bestimmt war, wenn er welche nötig hatte.

Er kehrte zu seinem Lehnsessel zurück und

nickte dabei geschäftig mit dem Kopf. Nun entdeckte er zu seiner besonderen Freude, daß die Flasche nicht verkorkt, sondern mit einem Patentverschluß versehen war, wodurch er einerseits auf einen Korkenzieher verzichten und andererseits auch den scharfen, durchdringenden Knall vermeiden konnte, den ein Korken oft beim Herausziehen verursacht. Langsam und liebevoll öffnete er die Flasche, goß vorsichtig ein winziges Schlückchen ein, verschloß sie wieder und stellte sie auf den Tisch. Dann hob er das Glas und hielt es ans Licht. Was für ein Zauber, was für ein herrliches Feuer hatte einstmals in dieser warm glänzenden bernsteinfarbenen Flüssigkeit für ihn gelegen! Erinnerungen an längst vergangene Tage strömten von allen Seiten auf ihn ein, und er erlebte noch einmal all die bunten, erregenden, liederlichen Dinge, die er damals angestellt hatte. Das kleine Glas, in dem sich ein Lichtstrahl des Gasleuchters fing, blinzelte ihm zu wie ein Auge — ein großes Basiliskenauge; es faszinierte Opa Clegg und zog ihn unwiderstehlich an.

Langsam führte er das Glas zum Mund und trank — mit zitternder Hand, jedoch mit Lippen, die die feine Kunst des genießerischen Schlürfens noch nicht verlernt hatten. Er hatte seinen Whisky immer unverdünnt getrunken, und nun rann die Flüssigkeit, stark und doch angenehm prickelnd, über seine Zunge, tröpfelte die dünne Röhre seines Schlundes hinunter und erfüllte ihn mit heißer, verzückter Begeisterung.

Er schmatzte mit den Lippen. Er wollte, wie

Frank gesagt hatte, wirklich nur ein Schlückchen nehmen, doch als sein Blick die Flasche traf, übte das zunehmende warme Gefühl in seinem Innern einen wohligen, überzeugenden Einfluß auf ihn aus. Es war ja immerhin nur ein kleines — ein sehr kleines Schlückchen gewesen; und nun goß er sich eine zweite, etwas größere Portion in das Glas und leerte es schnell. Er war, gewiß doch, ein Mann, keine alte Gluckhenne wie das Weib nebenan, ein Mann, stark genug, seinen Alkohol mit männlicher Überlegenheit zu genießen. Ja, er konnte wohl ein Gläschen oder auch zwei vertragen; kein Grund für Frank, ihn zur Vorsicht zu mahnen. Er lächelte bei dem Gedanken, seine Augen glitzerten herausfordernd, seine eingefallenen Wangen blähten sich. Er straffte seine herabhängenden Schultern — eine jämmerliche Karikatur seiner einstigen aggressiven Prahlerei — und schenkte das Glas noch einmal voll.

Wie gut das tat! Es wärmte das Herz eines Mannes bis ins Innerste, überflutete seinen ganzen Körper wie eine heiße Sonne. Er fühlte sich stark, unbeschwert und mächtig. Seine welke Haut wurde geschmeidig und elastisch, seine Falten glätteten sich, seine Knochen waren nicht mehr spröde und brüchig; die Jahre fielen von ihm ab wie ein in Fetzen gegangenes altes Kleid. Von dieser neuen Kraft durchdrungen, preßte er die hohlen Kinnbacken energisch zusammen; als dann seine schwachen und ungeschickten Kiefer aufeinandertrafen, fiel es ihm wieder ein — sein Gebiß!

Sogleich stieg die bittere Erinnerung an seinen Verlust in ihm auf, an die elende Erniedrigung. Sein Blick verdunkelte sich, und während er ein weiteres Glas Whisky hinunterschüttete, hämmerte sich ihm die grobe Ungerechtigkeit seiner gegenwärtigen Lage stürmisch ins Bewußtsein. Warum sollte er, ein tüchtiger, starker Mann, eine große Persönlichkeit — warum sollte gerade er nicht die Mittel haben, dem Fleisch mit herzhaften Bissen zuzusetzen, während nebenan eine dumme alte Frau diese Mittel hatte und ihn mit ihrer Fähigkeit, sie zu gebrauchen, verhöhnte? Doch sie war nicht nur eine alte Frau; nein, viel schlimmer. Ein kurzes, seniles, trunkenes Lachen entrang sich seiner Kehle. Ja, morgen früh würde er ihr sagen, was er von ihr dachte, klar und deutlich und — vielleicht — mit einem schmückenden Beiwort. Mit ganzer Macht schaffte sich sein Haß auf Oma Scott Raum, drang bis in seine Kehle, so daß er beinahe keine Luft mehr bekam. Alles Leid, das sie ihm in den letzten vierzehn Tagen angetan hatte, schwoll in seinem Innern, als wollte es ihn ersticken. Er trank noch ein Glas, um den üblen Geschmack, den ihm der Gedanke an sie bereitete, aus seinem Munde wegzuwaschen; dann plötzlich kam ihm die großartige, die wundervolle, die glänzende Idee. Freilich, einen Augenblick lang war er verblüfft, überwältigt von der Größe seines ungeheuerlichen Plans. Dann lachte er leise und triumphierend in sich hinein. Er war doch — bei Gott — ein ganzer Kerl, er war immer ein ganzer Kerl gewesen und würde immer einer sein,

ja sogar jetzt noch. Er lehnte sich in seinen Sessel zurück und ließ die großartige Idee in den Windungen seines senilen Gehirns zirkulieren. Er spielte mit seinem Vorhaben, und je mehr er damit spielte, desto mehr entzückte es ihn. Ja, er wollte es tun!
Er würde Oma Scotts Gebiß stehlen, er würde sie mit einem einzigen Streich um ihren kostbaren Besitz bringen und so für seine eigenen dringenden, lebenswichtigen Bedürfnisse sorgen. Dann würde sich die Sachlage, wie sie in den vergangenen vierzehn Tagen gewesen war, umkehren; er würde stark und mächtig sein, sie schwach, leidend, zahnlos. Das Gebiß wurde zur Trophäe, zum Symbol des Sieges in dem erbitterten endlosen Kampf, der zwischen ihm und der Frau nebenan tobte. In diesem Augenblick dachte er nicht an die Komplikationen, die sich am Morgen ergeben mochten, an die Klagen, Vorwürfe und Anschuldigungen, die ihn am Ende zwingen könnten, seine Beute wieder herauszugeben. Nein, er war kräftig und zu allem fähig; er glaubte fest und unerschütterlich an seine eigene Stärke — und vor allem wollte er ihre Zähne haben.
Er leerte noch ein Glas, um ruhig zu werden, stand dann mit übertriebener Behutsamkeit auf und schlurfte leise zur Tür. Er ging hinaus, erreichte den stillen, leeren Treppenabsatz, drückte mit einem kurzen trunkenen Taumeln den Türgriff herunter und betrat Oma Scotts Zimmer. Ein scharfer Geruch von Minze und Kampfer stach in seine weit offenen Nasenlöcher, eine

Folge von Schnarchtönen erfüllte das Zimmer und schlug auf sein Trommelfell. Sie schlief fest und tief, und im schwachen Schein der Gaslampe sah er ihren verhüllten schmächtigen Körper auf dem Bett: der Kopf steckte in einer weißen gehäkelten Haube, die spindeldürren Glieder zeichneten sich unter der Decke ab — wie eine Mumie lag sie da. Und hier, in dem kleinen Porzellanbecher auf dem Nachttisch, ruhten, blaß und phosphorig zwischen den dämmrigen Schatten des Zimmers leuchtend, ihre Zähne. Sie starrten zu ihm auf wie die Zähne eines Totenschädels; doch er fürchtete sich nicht. Seine Augen glitzerten in dem schwachen Licht, er beugte sich entschlossen vor und führte mit raschem Griff den Plan aus, den er in seinem Rausch ausgeheckt hatte. Sekundenlang glotzte er auf die Schlafende nieder, und eine verschwommene, kümmerliche Erkenntnis ihrer Weiblichkeit rührte ihn an. Ein flüchtiger Eindruck, der sein Bewußtsein nicht erreichte, wehte über ihn weg wie eine schnelle Brise, die totes Gewässer kräuselt, doch er blieb ungerührt. Die geheimnisvollen Verlockungen des Sex waren längst nicht mehr seine Sache; alles, was er jetzt von ihr wollte, waren ihre Zähne. Und die hatte er. Mit einem letzten, betrunken-boshaften Seitenblick drehte er sich blitzschnell um und war im nächsten Moment sicher in seinem Zimmer.

Dort brach ein triumphierendes Gelächter aus ihm hervor; es schüttelte ihn, er keuchte und hustete in trunkener Glückseligkeit, bis winzige Tränen aus seinen hervorquellenden Augen kullerten. Dann fiel sein starrer Blick auf ihr Gebiß, und da war der Höhepunkt seines Abenteuers auch schon in greifbarer Nähe. Mit zitternder Hand schob er es in den Mund. Es paßte! Nicht so ganz, natürlich: es war zu klein für die große Höhle seines Mundes — doch es paßte. Ein schwacher, unartikulierter Triumphschrei entrang sich ihm wie ein Dankgebet. In einem Anfall von männlichem Überschwang biß er die Zähne fest zusammen. Als sie klirrend aufeinandertrafen, fühlten sie sich weich und samtig an; das kam von dem Whisky, den er getrunken hatte, und überzeugte ihn angenehm von der unwiderlegbaren Gewißheit, daß er endlich wieder beißen konnte.

Er war gerächt. Mehr brauchte er nicht mehr zu tun. Er fühlte sich glücklich, zufrieden und mit einemmal schläfrig. In einem Nebel von Glückseligkeit räumte er die Flasche weg, riß sich die Kleider vom Leib, drehte das Gaslicht aus und warf sich der Länge nach auf sein Bett. Die neuen Zähne waren schon so sehr ein Teil seiner Person geworden, daß er sie gar nicht herausnahm: er würde sie wohl nie mehr herausnehmen. Gleich darauf war er eingeschlafen, tief in einen trunkenen Schlummer gesunken.

Er begann zu schnarchen, laut und regelmäßig. Er schnarchte und schnarchte. Dann plötzlich schnitt ein kurzes, pfeifendes Geräusch in die Nacht wie ein Blitz, und im selben Augenblick hörte Opa Clegg zu schnarchen auf. Stille und Dunkelheit erfüllten nun den Raum, sonst nichts.

Als man ihm am nächsten Morgen sein Frühstückstablett hinaufbrachte, fand man ihn tot. Er hatte so lange geschnarcht, bis die gestohlenen Zähne in seine Luftröhre rutschten und ihn erstickten.
Oma Scott war völlig außer sich, als sie's erfuhr, doch als der Leichenbestatter seinen Finger lang machte und ihr Gebiß herausfischte, erholte sie sich wieder und lachte sehr über die ganze Affäre, wenn auch nur still in sich hinein.
Auf seinem Begräbnis aber hat sie nicht getanzt.